ENRICO VANZINA

UNA GIORNATA DI NEBBIA A MILANO

HarperCollins

ISBN 978-88-6905-885-1

Prima edizione HarperCollins
febbraio 2021

Per le citazioni contenute nel testo si rimanda alle seguenti edizioni:

Jack Kerouac, *Sulla strada*, traduzione di Marisa Caramella,
© 2015 Mondadori Libri S.p.A., Milano. Per gentile concessione dell'editore.
Marcel Proust, *Il tempo ritrovato*, traduzione di Maria Teresa Nessi Somaini,
I Grandi Romanzi BUR, © 1994 RCS Libri & Grandi Opere S.p.A., Milano,
© 1997 RCS Libri S.p.A., Milano, © 2016-2017 Rizzoli Libri S.p.A., Milano,
© 2018 Mondadori Libri S.p.A., Milano, per Rizzoli BUR.
Per gentile concessione dell'editore.
William Shakespeare, *Macbeth*, traduzione di Gabriele Baldini,
© 2016 Rizzoli Libri S.p.A. / BUR Rizzoli, Milano,
© 2018 Mondadori Libri S.p.A., Milano. Per gentile concessione dell'editore.
Friedrich Dürrenmatt, *La promessa*, traduzione di Donata Berra,
© 1986 Diogenes Verlag AG, Zürich. All Rights Reserved.
© 2019 Adelphi Edizioni S.p.A., Milano. Per gentile concessione dell'editore.

FSC
www.fsc.org
MISTO
Carta da fonti gestite
in maniera responsabile
FSC® C021883

A Carlo,
un altro Carlo della mia vita,
per avermi sempre dato la forza di osare
con le idee e le parole

Milano è un enorme conglomerato di eremiti.

Eugenio Montale, da *Epoca*, 1973

1

Milano, inverno

Oggi a Milano è arrivata una giornata di nebbia.

Esco dal portone e me la trovo davanti, una di quelle nebbie *che non le facevano più*. Sembrava sparita, come la felicità, invece esco di casa e me la ritrovo lì, adagiata sul tettuccio verde marcio dell'edicola di corso Buenos Aires. È una nebbia vera, non un effetto speciale, una nebbia densa, pastosa, pare il vapore biancastro intasato nel tubo di un aerosol, con striature di grigio simili a quelle nuvole schizzate in bianco e nero nelle vignette della *Settimana Enigmistica*. Fa un po' ridere per quanto è antica. Cazzo, alla mia età ritrovarsi la nebbia tra le dita è come rigiocare a flipper, riemergono ricordi sepolti. Sono stranito, mi guardo intorno, i passanti la penetrano, spariscono e riemergono più avanti ancora belli dritti in piedi. Non modifica nulla, la nebbia, nasconde e basta, tutto procede identico, attutito. È davvero pazzesco questo velo di incertezza visiva sfilata all'improvviso dall'album della memoria collettiva, è come un documento di identità che dice *tu sei di Milano*, la tua città, un posto che non regala nulla di nulla se non inaspettate emozioni tipo questa, un inconfondibile senso di appartenenza.

Compro i giornali. La carta, le parole stampate. Mi dico che essere nato in una famiglia di intellettuali alla fine è servito a qualcosa. I miei mi hanno tormentato con i libri, ero piccolo piccolo e loro mi obbligavano a leggere romanzi, tonnellate di romanzi, e adesso che li ho letti, e che sono avvolto dalla nebbia, mi torna in mente *Il giovane Holden*. Mi torna nitido in mente lui, il babbeo protagonista che si chiedeva dove vanno d'inverno le anatre di Central Park. Ci siamo interrogati tutti quando leggevamo Salinger: dove cazzo vanno in inverno 'ste anatre? Adesso è inverno e c'è la nebbia a Milano e io mi chiedo dove mai potrebbero scappare le anatre del parco Lambro. Dove? Che poi magari manco ci sono le anatre al parco Lambro, vallo a sapere, *vattelapesca*, diceva Holden a noi italiani.

Che tenerezza. Oggi queste espressioni bislacche sono roba antica, come la nebbia, perline di vapore sospese che mi avvolgono come un vecchio loden ammuffito. Ma intanto, mentre m'infilo nel buco del metrò, giuro che me la godo.

2

In redazione, quaranta minuti dopo

Sono un giornalista in un vecchio quotidiano milanese della tradizione. Ridotto a un colabrodo.

Al lavoro non si parla d'altro, del ritorno della nebbia, titolo a otto colonne nelle chiacchiere dei miei colleghi. Stupore e nasi incollati ai vetri. Tutti loro ridacchiano inebetiti. Se era un babbeo il giovane Holden, questi cosa sono? Sono dei coglionacci. È così, dai, uno pensa ai giornalisti e gli saltano in mente il Bocca, il Montanelli, il barba Scalfari... No, qui mica è una galleria di teste pensanti, sono dei coglionacci allo stato puro. Io l'ascolto tutte le mattine, la rassegna stampa delle loro serie Netflix – Dio le piattaforme come li acchiappano – o i resoconti eccitati di partitone di Premier League, o magari di una cenetta in un ristorantino sui Navigli o di un filmetto spaccapalle all'Anteo. Mai un guizzo di pancia nazionale, nessuno che pensa alle anatre del Lambro. Leggono sui tablet, questi giornalisti qua. E poi guardali, come si vestono, 'sti macachi, maschietti in girocollo con le gambe fasciate da tubi di velluto a coste, facce mascherate da peli barbosi; le *sciure*, invece, sono insaccate nel gusto *me too*, fate ignoranti che nemmeno tre etti di testosterone iniettato in vena te lo farebbero alzare. Venite pure a vedere, questa è la vita nei giornali, bellezze: vegane, ex comunisti che boia chi molla, la generazione *Game of Thrones* che ignora Scerbanenco. Cazzo di milanesi siete, *raga*? Ma inutile piangersi addosso. Come diceva la penna baffuta di Pescara, coraggio che il meglio è passato. Tanto io ho trentasei anni e quel passato lì non me lo ricordo.

Una voce sfregia il chiacchiericcio dell'intermezzo da quasi ricreazione. È Galbiati, il vicedirettore: inflessione brianzola, tozzo e senza qualità.

«Ansa di un minuto fa. Approfittando della nebbia hanno ammazzato un tizio in corso Vercelli. Tre colpi di pistola alla testa.»

Cala il silenzio. Ma non lo stupore, solo il silenzio.

«Se qualcuno si degna di occuparsene...»

È il metodo Galbiati per lanciare un messaggio nel recinto della manovalanza.

Io qui mi occupo di *cultura*. Io e la Giusy Bonelli, che sbava per i film dei Dardenne e i romanzi di Jean-Philippe Toussaint. A Roma chioserebbero *'na fatica*. A darci una mano, perché la cultura è *tanta*, c'è un manipolo di collaboratori che mandano i pezzi da casa. Poveracci, ventidue euro ogni duemila battute, noi della carta stampata non contiamo veramente più un cazzo. Qui, in totale, di giornalisti effettivi ne resistono appena una trentina: nella Politica, nell'Economia, e un drappello in Cronaca.

Però tra loro nessuno risponde all'invocazione di Galbiati, nessuno si muove, questo morto ammazzato li acchiappa *minga*. Sono circa le due del pomeriggio e i motori del giornale sembrano ancora arrugginiti.

Allora mi muovo io. Per pura curiosità. A me la Nera arrapa. A piccoli passi raggiungo il mio box infiocchettato con due foto lorde di significati. Sono il mio manifesto esistenziale. Una è il ritratto di Jane Fonda che fa la squillo in *Klute*, l'altra è un Hemingway a torso nudo che pesca barracuda in Florida. Popolare e raffinato. Mica ho appiccicato al box l'effige di Johnny Depp e dei suoi pirati per bambocci. Quella è roba che lascio volentieri alle segretarie disperate.

Mi siedo, accendo il Mac e aspetto che sul monitor si componga la scrivania iconica. Eccola. Clicco sull'applicazione delle agenzie e *wram*, le ultime notizie si scaricano a raffica. Acciuffo subito quella di corso Vercelli, l'uomo assassinato nella nebbia. Leggo d'un fiato: milanese, sessantasei anni, si chiamava Giovanni Restelli.

Cazzo, è mio padre.

3

In corso Vercelli, trenta minuti dopo

Sul marciapiede è rimasta solo la sagoma del corpo delineata dal gessetto. Intorno, il nastro delimita la zona.

Un piantone della polizia vigila fumando. Poco distante una macchina dei *ghisa*. Intorno, una miserabile folla di curiosi atterriti. C'è ancora la nebbia. E se non fosse tutto maledettamente vero sembrerebbero immagini partorite dalla fantasia di Magritte.

Mi avvicino ai nastri e il piantone mi sibila: «Niente foto con il cellulare».

«Sono il figlio.»

Lui mi squadra con indulgenza, cerca qualcosa di potabile da dire e la dice: «Hanno già portato via il corpo. Lo hanno spostato nella camera mortuaria del Policlinico, entrata in via Pace 9. Tre colpi in faccia sparati da vicino. Le faccio le mie condoglianze».

Immagino i tre spaventosi buchi sul viso di mio padre, la sua faccia ossuta, speriamo che gli spari non abbiano bucato i suoi occhi, grigi, intelligenti, attenti.

Poi una mano si posa sul mio gomito. Mi volto: è la Mamma.

«Ero a lezione. Mi hanno avvisata lì.»

Non piange, è un fantasma freddo. Fissa il disegno con il gessetto bianco sul marciapiede, non trova parole, non esprime sentimenti. Ha il collo avvolto dalla sua sciarpa etnica. Non chiede, non si informa, subisce il destino. La stringo a me, lei mi lascia fare.

Chiedo sottovoce al piantone: «Chi ha sparato?».

«Sono in corso le indagini.»

4

Al Policlinico, due ore dopo

La Mamma e io siamo seduti su una panca, nell'androne accanto alla stanza dei morti.

Intorno a noi sfilano poliziotti, qualche infermiere, una suora mordicchia un panino. L'abbiamo appena visto, Papà, in campo lungo, fermi sulla porta della *morgue*. Era ricoperto da un lenzuolo. Poi, un agente in borghese mi ha chiesto di seguirlo accanto al cadavere, ha alzato il lenzuolo, io l'ho visto e non l'ho visto, ma era lui e ho detto: «È lui». Il poliziotto ha ricoperto subito la salma, così non ho messo a fuoco i buchi, era lui e basta, serviva quello, la conferma di un familiare.

Non cambia mai nulla nei riti del fine vita, tutto termina con un interruttore che fa *clic*, poi è finita per sempre. Adesso ci saranno l'autopsia, le pratiche con l'agenzia funebre, la cerimonia in chiesa, la tomba, tutto scontato e prevedibile. A seguire, le grandi domande: chi è stato? Perché l'ha fatto? Chissà, forse ci sarà il fermo di un colpevole, un processo, una sentenza, e in seguito i ricordi, il dolore incancellabile, e la vita che continua.

A piccoli passi si avvicina un giovanotto – testa rasata, giubbotto. Intravedo un revolver appeso sotto l'ascella. Perlomeno è educato.

«Qui fa freddo. Vi consiglio di tornare a casa. Se volete vi porto con la macchina di servizio.»

«Chi ha sparato?» La sola idea che ho in testa.

«Stiamo interrogando una testimone. L'unica che ha assistito alla scena.»

Evidentemente non hanno ancora fermato nessuno. «A che ora è successo?»

«Verso le undici.»

Cosa ci faceva mio padre *verso le undici* in corso Vercelli? Inizia il capitolo delle domande senza risposta. Starà pensando la stessa cosa Mamma, ma lei si avvale della facoltà di non chiedere, è un blocco di ghiaccio.

«Voglio andare da mia sorella.» L'unica cosa che dice.

Chiamo zia Olga, che ha già saputo. Ha visto tutto in un servizio del Tg3. Piange. Ha cinquantotto anni, la zia Olga, due meno di mia madre. Vive sola – non si è mai sposata – insegna matematica al liceo Alessandro Volta, è una bella persona. In questo paese esistono ancora tante belle persone, con sentimenti profondi. Da piccolo, la zia mi leggeva Dickens; quando mi sono laureato mi ha versato sul conto cinquemila euro. «Fatti un bel viaggio» mi ha detto. Però da anni la sento poco, tanto lei c'è, mi dico; poi succede che non ci sei più, come Papà adesso, e sprofondi nel rimorso. Mi tranquillizza dicendomi che si prenderà cura della Mamma. Poi anche lei mi chiede: «Chi è stato?». Vogliamo tutti sapere chi è stato, siamo tutti ossessionati dai colpevoli. Avevo letto un'intervista a Umberto Eco, quando era uscito *Il nome della rosa*. Diceva che una delle espressioni più usate nel lessico quotidiano risulta essere *è colpa tua*. Ma mica è facile trovare sempre un colpevole. Forse è per questo che in natura esiste la nebbia, per allontanarci dalla verità, per dissimularla, per ridurre le immagini a impressioni, a *vedi e non vedi*. Che in fondo è la ragione che spinge certi uomini a dipingere, forse anche a scrivere. Io da anni mi occupo di romanzi e ancora non ho capito bene il meccanismo: uno scrive per descrivere o per modificare? Raccontare significa avere visto o avere immaginato? Invece che alla Cultura potevo farmi assumere alla Cronaca, così adesso, invece di torturarmi con dilemmi alla Borges, chiederei qualcosa di pratico al pelato che ci sta accompagnando a casa di zia Olga. Ma non chiedo nulla.

Che strana, Milano, avvolta dalla nebbia: i viali tutti identici, le luci dei tram che bucano piazza Cordusio. Poi ecco via Manfredo Camperio, il civico 12. Prima di scendere il poliziotto ci dice, cacciando fuori il cellulare: «Faccio una foto ai vostri documenti. Domani mattina alle nove l'ispettore Viganò vi aspetta in questura in via Fatebenefratelli. Deve verbalizzare».

Scatta le immagini fredde di una patente e di una carta d'identità.

5

In questura, il giorno dopo

«Generalità.»

«Luca Restelli.»

«Luogo e data di nascita?»

«Milano, 26 marzo 1984.»

«Stato civile?»

«Single.»

(Seccato) «Si verbalizza in italiano.»

(Mica ha torto) «Celibe.»

«Professione?»

«Giornalista.»

«L'ultima volta che ha visto suo padre?»

«L'ho accompagnato tre giorni fa a una visita oculistica.»

L'ispettore Viganò trascrive con meticolosa attenzione. Con la Mamma ha già fatto, ha già verbalizzato.

È una stanza anonima al primo piano della questura di via Fatebenefratelli, pianeta Italia: foto quadretto di Mattarella, calendario della polizia di stato sbiadito, scrivania in alluminio, luci da sala d'aspetto. Niente divisa – solo jeans e maglione – però la faccia da questurino ce l'ha, quella sì, e così il lessico burocratico che accompagna la trascrizione – *clic clic* – del verbale.

«Il figlio della vittima dichiara di non aver visto il genitore nelle settantadue ore che hanno preceduto il delitto.»

Non alza mai lo sguardo su di me, l'ispettore. Ma non lo sa che al cinema esistono i primi piani? Nei film ci si fissa, ci si scruta, perché le emozioni contano. Minchia, il nostro dialogo è un totalone senza tagli, freddo, come l'alluminio della sua scrivania. Perché 'st'ispettore non cerca di valutare il mio dolore, il mio strazio? Mi hanno ammazzato un padre a pistolettate nella nebbia, era il mio Papà. Invece di chiedermi le generalità poteva domandarmi in che modo soffro, magari darmi un tocco leggero e consolatorio sulla spalla, un po' di empatia umana, e invece niente, solo domande da protocollo, come un modulo da riempire on line.

«Le risulta che suo padre temesse qualcosa? O qualcuno?»

Certo che mio padre *temeva*, temeva di morire, come tutte le persone di sessantasei anni che vedono avvicinarsi il traguardo. Che domanda del cazzo mi ha fatto? Temeva le malattie, l'infelicità dei suoi cari, la morte e la vita.

«Papà era un musicista. Concertista di pianoforte. Da qualche anno aveva iniziato a soffrire di una forma degenerativa di maculopatia e non riusciva più a leggere gli spartiti. Si era ritirato dalla sua professione. Però continuava a dare lezioni private di piano» spiego io.

«Problemi economici?»

«Non credo. Con la sua pensione di invalidità e lo stipendio di mia madre conduceva una vita più che dignitosa.»

«Sua madre ha dichiarato di insegnare lettere all'Università Statale. È esatto?»

Lo fisso scuotendo la testa. «Se l'ha dichiarato... Comunque sì, tra quattro anni andrà in pensione anche lei.»

«Per caso le risulta che suo padre intrattenesse relazioni con altre donne?»

«Che io sappia, no. Ma in ogni caso lo escludo.»

«Come fa a esserne certo?»

«Mamma e Papà si amano. Si amavano.»

L'ispettore non commenta e io lo incalzo: «Forse a lei sembrerà strano, ma oltre all'infedeltà, uno dei motori della vita è ancora l'amore».

Lui rialza lo sguardo e mi dice, con la sensibilità di un cobra: «In corso Vercelli, una testimone ha visto sua madre sparare i tre colpi di pistola».

6

Nello studio dell'avvocato, trentasei ore dopo

Si chiama Alfonso Pozzi e ha lo studio in via Borgogna. Era un compagno di liceo di mio padre, stessi sessantasei anni, penalista del Foro di Milano. Vallo a descrivere, però. Uno così milanese che di cognome doveva nascere Brambilla invece è saltato fuori con un tocco britannico: guanciotte rosa, biondastro cenere, occhi acquosi alla Charles Laughton, pesante oltre i novanta, denti macerati dalla nicotina. Però profuma, è una nuvola di acqua di colonia. Tutte le volte che lo incontro mi torna in mente il personaggio britannico di un racconto di Montale, *Sportivo inglese*, un tizio solitario, elegante e riservato, che passa l'estate in un hotel in Engadina. Trascorre la sua giornata nella hall leggendo Wilkie Collins e bevendo tè. E non parla con nessuno. Poi, in autunno, Montale te lo fa ritrovare all'improvviso a Milano, trasformato in un loquace e infastidito cittadino ambrosiano. Altro che inglese: era un milanese al *ciento pe' ciento.*

Io però dell'avvocato penalista Alfonso Pozzi mi fido. Veniva sempre a cena dai miei con la moglie, la signora Tilde, una fotocopia della Natalia Aspesi. Strano come a una certa età tutti diventino la fotocopia di qualcun altro. Comunque, l'Alfonso e la Tilde appartengono al lessico famigliare della mia infanzia. Lui e Papà avevano frequentato insieme il liceo Berchet, e tutti e due erano stati innamorati per anni della stessa ragazza, una certa Serenella, biondina chic di corso Magenta. E loro, a tavola, sempre a raccontarci le stesse storie per anni, con Mamma che sbuffava e la Tilde che scuoteva la testa divertita. Praticamente sono cresciuto con loro al liceo Berchet, so tutto di quel periodo. Come quella volta che andarono in tre al cinema Capitol, era il 1970, a vedere *Soldato blu*, la Serenella seduta in mezzo ai due babbei che a fine primo tempo si ritrovarono mano nella mano: ma non in quella di Serenella, nella loro.

Storie ingenue di una generazione ammuffita. Adesso Mamma è in carcere con l'accusa di omicidio, Papà è alla *morgue* in attesa dell'autopsia e io fisso Alfonso con il dolore che mi addenta le budella.

«È in stato di fermo in questura perché quella tizia sostiene di averla vista sparare» mi spiega Alfonso, tamburellando con le dita sulla scrivania. «Ma tua madre si dichiara innocente» aggiunge.

«Se intorno c'era la nebbia, forse la testimone ha visto male, l'ha scambiata per un'altra persona.»

«La nebbia c'era. Densa e fitta.»

«La testimone è italiana?»

Subito mi vergogno della mia domanda. A forza di vivere in questo paese del cazzo uno si adegua ai cliché – gli stranieri sono sempre colpevoli. Che poi spesso è così, ma io sono cresciuto leggendo Simenon, dovrei avere in zucca una mezza tonnellata di fondamentali, invece la cazzata mi è uscita fuori come da una *Jack in the box, bang*. Resto a fissarlo con il sorriso da pupazzo a molla.

«È un'infermiera che vive in un palazzo a duecento metri dal luogo della sparatoria. Tornava dal supermercato con la spesa.» Dalla tasca della giacca prende un taccuino rilegato in pelle marrone e legge: «Ambra Molteni, cinquantadue anni, nata a Monza».

Precipito nelle pagine a perdere di tutta quella letteratura *noir* italiana in cerca di recensioni che ingombra il perimetro della mia scrivania al giornale. Ambra, infermiera, Monza, tanfo insopportabile di trame da strapaese, dove di solito irrompe un ispettore sornione, il Viganò di turno. Ritratti d'ambiente, mistero fitto, i personaggi che bevono Barbera, mangiano brasato, la provincia sentina di tutti i vizi. Qualche narratore spesso devia sul gotico: pasticci letterari, tutti che nascondono il loro fetido segreto, siamo ancora al ricatto della teatralità di Pirandello e della sua signora Frola, dove la verità è un punto di vista. Stavolta però il punto di vista è uno solo: un'infermiera che ha visto mia madre sparare tre colpi di pistola in testa a mio padre. Non è un pasticciaccio.

«Come sta la Mamma?»

L'avvocato non risponde, si alza, va a fissare fuori dalla finestra, di spalle. «Tu sai che gli volevo bene a tuo padre.»

Non è vero che la professione ti abitua a tutto, piangono anche i medici, e gli avvocati. È straziante, vedo Alfonso scosso da piccoli gemiti interiori, le sue spalle sbandano, sembra l'inquadratura di quei film che piacciono alla Giusy Bonelli, il tempo dilatato dall'Autore. Hitchcock invece diceva che il cinema è la vita con le parti noiose tagliate, e io faccio il tifo per quel cinema lì. Ma chi cazzo sta girando questo incontro tra me e l'Alfonso? Non si volta più, l'avvocato, piange come ai tempi della Serenella che gli sbatte in faccia un bel due di picche al cinema Capitol, mandando in frantumi il suo sogno d'amore adolescenziale. Sarebbe questo l'uomo che deve tirare fuori mia madre da una stanza della questura? Qui, se c'è uno che dovrebbe singhiozzare, sono io. Alla fine Alfonso si volta e riagguanta il suo ruolo da principe del Foro. «Tua madre è sotto choc. Non parla. Mi ha solo chiesto di te.»

«Se è innocente, Mamma avrà un alibi.»

«Ha dichiarato che all'ora del delitto stava in casa. Solo dopo è uscita. Ma secondo la polizia, nel palazzo nessuno può confermarlo.»

«Hanno controllato i tracciati del cellulare?»

«Nessuna chiamata, né in entrata né in uscita. Il telefono riaggancia una cella solo venti minuti dopo l'omicidio. Risulta che tua madre si trovava in un bar a meno di un chilometro da corso Vercelli. Quindi in zona sparatoria. Da lì ha chiamato un taxi che l'ha portata in Statale. In tempo per la sua lezione.»

Ho il caos in testa, non riesco a essere lucido. Penso a quelli della Cronaca – nella redazione dove dal giorno della nebbia non metto più piede – pungolati da Galbiati – *Questa storia non la mollo* – e costretti a ricamare cronache sull'omicidio di corso Vercelli. Li vedo, quei coglionacci che sparano a vanvera dei *Ma ti rendi conto, la prof Restelli? Cazzo, quel poveraccio di Luca... Però è sempre stata una famiglia strana.* Brutto, dover scrivere di un fattaccio che riguarda un collega, ci vuole un attimo per passare da ex comunisti a piccolo-borghesi in una riunione di condominio, con Galbiati che dispensa pillole di cinismo professionale – *Sono diventato un vero giornalista quel giorno che ho dovuto scrivere il coccodrillo sul mio direttore suicida* – la rancida logica dello *show must go on*. Intanto, in archivio, la Giusy Bonelli scova una vecchia foto di mio padre che suona da qualche parte: *La mettiamo in apertura domani*, gongola Galbiati, come se fosse saltato fuori un Caravaggio in cantina, urca che scoop. Aveva ragione quel direttore che disse che il giorno dopo un giornale serve solo a incartare il pesce.

7

A casa, due giorni dopo

Maneggio distrattamente la prima pagina del mio giornale. Di spalla, una foto di Papà che suona al circolo della Società del Giardino. Leggo velocemente il sommario: *La moglie del pianista trattenuta a San Vittore con l'accusa di omicidio.* Non potevo aspettarmi di meglio dal Galbiati.

Possibile che tutto questo mi riguardi? Mia madre sbattuta in una cella d'isolamento? Ho la segreteria del cellulare intasata: mi ha chiamato il direttore – quattro volte – diversi colleghi, gli amici, e poi Veronica, la mia fidanzata. Stiamo insieme da un anno. Era partita il giorno prima dell'omicidio per New York con un trolley e una borsa di studio per insegnare storia del cinema alla Columbia University. Nella notte si sono inseguiti messaggi vocali: *Amore che succede? Chiamami subito, chiamami.* Io le ho risposto: *Amore, è un incubo... In questo momento non ce la faccio a telefonarti... Scusa...*

Cerca di capire... Non ce la faccio... Quando ho novità ti scrivo. Lei non si è fatta sentire, probabilmente sta tornando a Milano e troverà un macello, qui in casa: cartoni unti di pizza a domicilio, bottiglie di birra, quotidiani aperti sul divano, tracce e puzza di fumo. Ma Veronica lo sa che, nella storia del cinema, quando il protagonista soffre gli sceneggiatori lo chiudono in casa in mezzo al disordine. Io il disordine ce l'ho soprattutto dentro. A folate, riemergono le domande di Viganò: *Suo padre temeva qualcosa?* Già, un padre spaventato che annaspa in mezzo a un mare di guai mica è una trama così improbabile, vallo a sapere. E l'altra domanda: *Intratteneva relazioni con altre donne?* Non riesco più a escluderlo. Per questo Mamma gli avrebbe sparato? Mi accorgo di saperne pochissimo dei miei genitori, come loro di me: Mamma e Papà non l'hanno mai incontrata, la mia Veronica, io ci vado a letto da un anno e loro lo ignorano, ignorano lei, ignorano me con lei. Che poi mica l'ho imposto io, questo velo di silenzio, non c'è stato nulla di premeditato. Sono soltanto un figlio unico che a trentasei anni ha deciso di farsi i cazzi suoi – una volta si chiamava *riservatezza*. Che poi, se vogliamo dirla tutta, una volta nessuno raccontava mai un cazzo a nessuno, soprattutto tra genitori e figli. Dai, nelle famiglie non si parla. Perché non conviene, altera gli equilibri, fa fallire gli psicanalisti.

Suonano alla porta.

Che faccio? Apro.

È Falconi, Marco Falconi, un mio collega della Giudiziaria, il barbuto della redazione. Quarantacinque anni portati male, simpatico come lo spiffero dal finestrino di una Buick in gennaio, direbbe Raymond Chandler. Tifa Inter e odia i rossoneri; io invece tifo Milan, cosa altro potrei fare? Lui tromba con la Giusy Bonelli, e così ho detto tutto. Al giornale, lui e io facciamo vite separate. Galbiati lo manda sempre avanti quando c'è da ravanare nel torbido perché lui ci sguazza nelle disgrazie dei poveri cristi. Non è un dilettante, però, quando agguanta una notizia addenta con ferocia e non molla più la carne. Una iena.

Falconi entra senza salutare, si toglie il suo piumino puzzolente e si mette a decifrare il caos nel mio bilocale.

«Al giornale sono tutti preoccupati per te» è il suo incipit.

«Sarà preoccupata soprattutto la tua fidanzata, immagino. Senza di me le tocca fare gli straordinari.»

Non commenta. Mica abbocca alle provocazioni, Falconi, sangue freddo da pitone. «Come stai?» mi chiede.

«Ti hanno mandato per ricamarci un pezzo sopra?»

«Piantala, Luca. Quello che ti è successo è terribile. E mi dispiace un casino.»

«Già, tu ne sai qualcosa di queste brutte storie. I morti ammazzati li annusi di giorno in tribunale e tutte le sere ti abboffi di cadaveri su Netflix. A me invece è successo senza manco avere l'abbonamento.» Cerco di rifiutare il suo moto di compassione.

Ma lui insiste: «Oggi ero in questura. Ho avuto una soffiata. Prima di arrestarla, a tua madre hanno fatto il guanto di paraffina».

«Risultato?» chiedo io con improvvisa apprensione.

«Negativo. Niente polvere da sparo sulla mano.»

«E allora cosa cazzo l'hanno arrestata a fare?»

Pausa, poi rasoiata: «Il fatto non è decisivo. Potrebbe aver sparato con la mano coperta da un guanto».

Alla faccia del garantismo, 'sto pezzo di merda di Falconi, altro che moto di compassione.

«Cosa ha detto l'infermiera nella sua deposizione? Quella che ha visto tutto. Lo ha notato il guanto?»

«In questura mica ci fanno leggere le deposizioni. E poi c'era la nebbia. Magari portava un guanto beige. Tua madre li usa mai, i guanti?»

Lo fulmino. «Falconi, torna al giornale. Vai a dire a Galbiati di non mandarti più qui a rompermi i coglioni.»

«Ti assicuro che non sono venuto per ragioni di servizio. Sono venuto per capire da te cosa può aver spinto tua madre a uccidere suo marito.»

«Mia madre non ha ucciso suo marito.»

«Ok, capisco. Anche Galbiati la pensa come te.»

«E tu?»

«Io faccio il cronista. Non posso permettermi punti di vista. Metto in fila i fatti.»

«Anche Mark Twain ha iniziato come cronista. Poi grazie ai *punti di vista* ha fatto carriera.»

Sorride. «Io non credo di poter mai riuscire a scrivere *così* bene.»

«Chiedi aiuto alla tua fidanzata. Legge e recensisce romanzi. Ti fai un bel corso accelerato ed esci dall'analfabetismo.»

Mi fissa con disprezzo. «Non mi sei mai piaciuto, Restelli. Ti senti 'sto *caiser* perché sei nato in una famiglia colta. Io invece ho un padre che guida i bus. Però guarda a cosa vi è servita, tutta la vostra cultura. A spararvi in faccia.»

Parto con un gancio all'orecchio e lo stendo al primo colpo. Sono nato in una famiglia colta ma ho fatto la boxe. Tanti anni fa la chiamavano *nobile arte* ma oggi, che di nobile e di arte non è rimasto nulla, può ancora servire a buttare giù uno sciacallo che infila il muso nelle ferite altrui. Poi, visto che sono carico di adrenalina, gli mollo anche un calcio alla bocca dello stomaco. Lo tiro su per la collottola, lui si rimette in piedi vacillando, afferro il suo piumino e un attimo dopo li sbatto fuori tutti e due sul pianerottolo e gli chiudo la porta in faccia, *sbang*.

Inizio a piangere. *Colto* e *boxeur* dal cuore di vetro, e questo non aiuta.

Mi squilla il cellulare, è Alfonso, l'avvocato.

«Si stanno complicando le cose.»

Anche lui mi racconta del guanto di paraffina. Dice che il sostituto procuratore non ha sentito cazzi, sta fermo sulla deposizione dell'infermiera che ha visto mia madre in faccia mentre sparava. Mamma nega, però non ha uno straccio di alibi e due più due fa quattro. Insisto: «Ma se non c'è polvere da sparo sulle dita». Anche Alfonso conferma che non è decisivo, chi spara in maniera premeditata generalmente mette dei guanti, poi li butta via con la pistola. Chiaro che adesso si è complicato tutto, e io per forza sono costretto a chiedergli: «Ma tu pensi che sia stata la Mamma a sparare?».

«No. Ma nemmeno quello che penso io è decisivo. Adesso l'importante è tirarla fuori, ho già fatto istanza per ottenere gli arresti domiciliari.»

«Ci sono speranze?»

«Poche. Qui accusano una donna di avere ucciso il marito. Ma non hanno trovato il movente. Quindi l'ipotesi di un raptus psicotico non è scartabile. Ti mandano agli arresti domiciliari se non persistono le condizioni per reiterare un reato. Se però chi indaga non può escludere che la presunta colpevole soffra di disturbi mentali, persiste l'ipotesi di pericolosità sociale.»

Puoi studiare quello che vuoi al Berchet ma poi diventi avvocato e t'impantani nel lessico professionale. E diventa tutto fasullo. Per questo Falconi non diventerà mai Mark Twain: a forza di frequentare sbirri e cancellieri, e codici, e piantoni, e azzeccagarbugli vari, e sostituti procuratori, parla e scrive come nei verbali. A questo forse servono i romanzieri, a farci prendere una rivincita sulle parole della vita vera. A battere tasti negli articoli di Cronaca ci vorrebbe Maupassant, perché nel mondo reale è tutto un groviglio di congiuntivi letali. Le cose si complicano ulteriormente: chi indaga non ragiona come Edgar Allan Poe, non conosce la grammatica del pensiero. Cazzo, così tutte le cose si ingarbugliano per davvero. Risultato: una professoressa di lettere innocente rimane incastrata nelle scorie verbose dei comma giudiziari.

Alfonso mi dice, comunque, di non perdere la speranza, mi terrà informato.

Riattacca.

Nella mia mente, per la prima volta, si fa largo un dubbio sepolto e tenuto a bada dal legame di sangue: Mamma è innocente o colpevole?

8

Nell'appartamento dei miei, poche ore dopo

Le undici di sera. Sono sei mesi che non entro in casa dei miei, via Galvano. Infilo la chiave appesa allo *scoobydoo* di quando ero ancora ragazzo e mi accoglie un buio freddo. Premo l'interruttore dell'ingresso a colpo sicuro, luce gialla a bassa tensione, e mi ritrovo davanti il vecchio quadro dell'Ottocento di scuola macchiaiola, una veduta della costa livornese. *Tavolozza semplice, pochi colori*, diceva Fattori. *I troppi colori inutili fanno il lusso dei dilettanti.* È sempre stato lì, quel quadro, a controllare chi esce e chi entra, è un po' la carta d'identità di questi centoquaranta metri quadri borghesi, di questo quartiere borghese milanese, metri fitti di oggetti grandi e piccoli, e libri, una massa impressionante di pagine scritte allineate sugli scaffali che invadono le pareti. A macchia di leopardo, una sfilata di foto, tra cui Rubinstein seduto alla tastiera di uno Steinway che mi fissa da una cornice sul Petrof di mio padre nel salone. Alzo lo sguardo e vedo Svevo e Joyce, immobili tra i Meridiani, e poi tomi di letteratura francese, russa, americana, giù in terra pile di sudamericani, e gli spartiti ammassati, una memoria cromatica da conservatorio a domicilio, *bric-à-brac* di saggi e racconti, valzer, variazioni polacche, Saba e Calvino, Cortázar a braccetto con Schubert. Sono vertigini da caffè letterario, gusto rancido di *spleen*, naufragio delle vite rispettose dei miei genitori spese a celebrare l'intelligenza altrui tra musicisti e scrittori. Io qui dentro, con loro, ci sono cresciuto, hanno fatto di me un babbeo disadattato, sono io il giovane Holden che *vattelapesca*. Oggi ai babbei rubano il futuro, a me hanno fatto scassinare il passato. Osservo il divano in cuoio dove Mamma mi leggeva Saint-Exupéry, avevo cinque anni. Lo fotti per sempre, un bambino, quando gli dici che lo scrittore faceva l'aviatore. Uno che poi a tredici anni *gli piace Brahms*, come alla Sagan. Mi piaceva Brahms a tredici anni e intanto, a scuola, i miei coetanei si pisciavano sotto con *Tre uomini e una gamba*. Vogliamo parlarne? Alla fine il conto si paga, non la passi liscia se mentre t'innamori la prima volta stai divorando Rimbaud. Qui, in casa dei miei, la sera nei corridoi bui ci vanno a zonzo Musil e Debussy, in un'inquietante versione intellettuale del *Sesto senso*. Sul serio, vogliamo parlarne? Il gattone di casa lo avevano battezzato Achab. Risento mia madre che diceva: *Luca, non disturbare il Papà mentre suona*. Potrei ancora fischiettarlo a memoria, qualche preludio di Franz Liszt. In fondo al corridoio, nella loro camera da letto, c'è ancora una mia foto sul comodino di Mamma. È il 1996, ho dodici anni, ma sembro un ragazzino del *prima*, sono un ragazzino *d'epoca*, un'epoca indefinita come questa casa milanese che si tiene in piedi su palafitte rosicchiate dalla marea dei ricordi. È triste questa casa, è la casa di due vecchi stritolati dal tempo.

Stanotte dormirò qui, nella mia camera da ragazzo, non so bene per quale ragione. Se non riuscissi a addormentarmi caccerò fuori dagli scaffali *Il Corsaro Nero*, farò finta che sia ancora *allora*. Come pesano sulla coscienza gli *allora*, e quanta calma e rassicurazione trasmettono i versi di Ernesto Ragazzoni: *Ad Orta, in una camera quïeta... c'è un pianoforte, cara, che ti aspetta, un pianoforte ove mi suonerai la musica che ami, e che vorrai.*

Sarebbe stato meglio avere un padre che guidava i bus, o nascere in una città di mare, crescere con lo sguardo all'orizzonte inghiottito dalle onde, invece sono nato qui, a Milano, dove all'improvviso è tornata una maledetta nebbia che per qualche ora ha coperto la luce, ha spento la luce, e quando la luce è tornata niente è stato più come prima.

9

Al cimitero Monumentale, il giorno dopo

A Milano ha rifatto capolino il sole, il sole d'inverno. Il cielo è cobalto, ma tira il vento del Nord, la gente si stringe nei cappotti, ha avvolto la testa nella lana. A occhio e croce siamo una cinquantina. Prendo sottobraccio zia Olga, e lo stesso fa Alfonso con la Tilde. Dietro di noi, Rodolfo, un cugino di mio padre arrivato da Arona, i Mambretti – piano terra di via Galvano – e la Gina, che dai miei ha fatto i servizi per trent'anni. Invece, delle amiche e delle colleghe di Mamma non ne vedo nessuna. Non si va al funerale di un marito assassinato dalla moglie. Riconosco due professori strambi del conservatorio, poi qualche faccia decisamente giovane, tipo studentelli di pianoforte, giovani vecchi. Più in disparte, la Giusy Bonelli, il Galbiati e la Nives, la receptionist tettuta del giornale.

Mi si avvicina Aldo Chiesa, l'Aldino che era seduto di fianco a me al banco del liceo. Da allora non ci siamo più mollati. Un ragazzo fantastico che disegna fumetti. Mi dice: «Dopo se vuoi facciamo due passi».

«Ok.»

Lì dentro, nella tomba, ci stanno già mio Nonno e mia Nonna. Li ho conosciuti appena. Se ne sono andati all'inizio degli anni Novanta, prima lui di leucemia, poi lei di cuore. Il cuore non regge quando la genetica si mette di traverso a chi ami. Adesso, nel buco, ci calano dentro Papà. È una bara in mogano scuro e marmo. Si risolve tutto in una manciata di minuti.

Resto da solo a fissare la lapide. Adesso tutto sarà per sempre sigillato lì sotto. È banale, ma spaventa l'idea, e sorge un dubbio: *all'ombra de' cipressi e dentro l'urne, confortate di pianto, è forse il sonno della morte men duro?* Chissà se l'Aldino ricorda le tediose mattinate sui banchi in compagnia di Foscolo. Ogni momento decisivo è un rimando a una parola scritta. Tutto è osservato digerito elaborato *prima* dalle parole, è questa la vera prigionia del sapere. Leggere è l'attesa di una rivelazione reale, così come ascoltare la musica, perché le note sono come le parole, sono *scritte* su un pentagramma. E forse Papà, lì sotto, sta mettendo finalmente in scena un requiem ascoltato in vita.

Mi avvio a piccoli passi a raggiungere l'Aldino e la zia Olga. E mi si para davanti una signora bionda.

«Sono Valeria Beccati, ero amica di tuo padre.»

È una bella donna, sui cinquant'anni, occhi rubati al cobalto del cielo, pelle liscia, un velo di rosa sulle labbra, coperta da una mantella nera a frange, elegante, decisamente moderna. Mi fissa con un sorriso amaro ma ammansito dalla tenerezza – denti bianchi e allineati – mi accarezza con la voce: «Nei prossimi giorni mi farebbe piacere parlarti. Ho tante cose da raccontarti».

Mi tende un foglietto di carta. Sopra ha scritto il numero del suo cellulare con una biro rossa. Lo metto in tasca.

Si allontana senza timore dei suoi tacchi vistosi. Ha un'andatura affascinante, impossibile staccare gli occhi dalla sua figura così femminile. È attraente, e lei lo sa, di spalle arpeggia movimenti che ti rimangono appiccicati addosso.

Raggiungo la zia e Aldino.

«Hai la macchina?» chiedo al mio vecchio amico.

«Sì. Dove vuoi andare?»

«Portiamo a casa zia Olga. Poi ci mangiamo un boccone allo Smooth.»

10

Allo Smooth, cinquanta minuti dopo

Finger food di qualità, questo è il motto del locale.

Ci bazzicano studenti, mamme, impiegati, artisti di passaggio, intellettuali in cerca dell'aperitivo. L'aperitivo è il *core business* di tutta la faccenda, e 'sta storia del culto dello Spritz a me li fa girare a elica. Mi pare una gigantesca presa per il culo alla nostra generazione, ci tengono buoni così, magari davanti a uno Spritz incontri una tipetta segretaria con le tette da esibire, una parola tira l'altra, magari poi vai anche a buca nel tuo bilocale. Guardali, i miei coetanei: al bancone, raduni di mezzi manager che si sentono in qualche Soho di New York, invece i babbei stanno a un tiro di schioppo dalla stazione del metrò Wagner. Ce l'hanno messo nel culo a forza di spot e di cultura pop in saldo, ridendo e scherzando il nostro battaglione di trentenni si ritroverà con un'oliva davanti e un *taco* di dietro. Ma che minchia interessa a me? Io sono qui allo Smooth perché di solito ci bazzica *lui*, e infatti appena entriamo lo vedo, sta seduto a scrivere una delle sue sorprendenti storie su Milano.

Facciamo per avvicinarci al suo tavolo quando squilla un telefono. L'Aldino mi guarda e si fruga nelle tasche. Si allontana per rispondere, ma un secondo dopo torna da me.

«Scusami, mi ero dimenticato di dover consegnare delle tavole del nuovo fumetto a cui sto lavorando. Devo scappare. Ti chiamo.»

Mi spiace, perché due chiacchiere con l'Aldino le avrei fatte volentieri. Ma Milano è così. Lo saluto e mi avvicino al tavolo che avevo preso di mira.

«Ciao Finnekens.»

«Ciao Fenomeno» dice alzando lo sguardo.

Mi chiama Fenomeno perché, recensendo un suo romanzo, ho chiuso il pezzo con: *Tra gli scrittori noir di Milano, Giorgio Finnekens è certamente un fenomeno unico, spiritoso e compatto, senza convenzioni, con il cuore grosso, grottesco e appassionante. Insomma, è davvero il Fenomeno.*

Scrive da Dio, questo milanese in giacca scozzese, il sigaro spento appeso alle labbra. Si spara la seconda birra del primo pomeriggio e mai potresti immaginare che se lo sta divorando un brutto male. Lui ha deciso di prenderlo a calci in culo, il suo male, che a cinquantasette anni non è come pettinare le bambole. Lui è tosto, alla sua età gli basterebbe giocare di sponda con i suoi occhioni languidi per acchiappare ancora al volo una delle segretarie che saltellano qui in giro. Esistono leggende sulle sue donne, scopa e scrive con la stessa disinvoltura, e beve, e scherza, e se ne sbatte le palle di chi lo vuole ingabbiare in un algoritmo letterario. È proprio come l'ho buttata lì nella mia recensione: è lui il Fenomeno.

«Giorni fa, due ore dopo il fatto ti avevo già mandato una lettera al giornale» mi dice.

«Non l'ho letta. Non ci sono più passato al giornale.»

«Mi ricordo qualche pezzo della lettera.» Recita piano, a memoria, inseguendo una traccia di filo logico: «È ingiusto andarsene via con tre spari in testa... Capita in un mio romanzo... Un mio romanzo che a dire molto costa sedici euro... La vita, per quanto inutile possa sembrare, vale qualcosa con molti zeri in più... Tutti noi valiamo qualcosa di più dei fatti in sequenza di un romanzo... Non si può morire con tre pistolettate nel cranio... Perché su una pagina scritta i colpi di pistola restano solo un fatto... Su un marciapiede di Milano, invece, diventano un fatto vero...». Si ferma, un po' confuso. «Va be', volevo dirti che i nostri libri non servono a un cazzo. Scrivere significa rubare il sonno alla gente. Tu per lavoro leggi migliaia di pagine alla settimana e poche ore dopo le hai dimenticate quasi tutte. Questi tre spari, invece, come fai a dimenticarli? Ti hanno bucato il cuore. Hanno bucato anche il mio.»

Un gigante, altro che lettera di condoglianze. Qui c'è la passione per la vita che conta più della morte, c'è la confusione esistenziale, quella di Céline e di Joyce. Faceva il medico, Céline, e in subordine scriveva romanzi, anche Dino Risi era medico, ma alla fine della sua vita ha smesso di lavorare alle sceneggiature, annotava sul taccuino i valori della sua glicemia e della sua pressione. I fatti veri non hanno bisogno di aggettivi. Ma il tempo che li declina non è mai il passato, o il futuro, o il congiuntivo, o il condizionale, è sempre il presente. Solo il presente è vero, poi quando passa diventa finto, diventa letteratura.

Mi siedo al suo tavolo, dove lui scrive a mano. Sul piano ci sono una decina di fogli sparsi e fitti. Lui mi sorride con malinconica tenerezza. Io non so che espressione sto sfoderando, ho un'idea fissa in testa e gliela sparo fuori d'un fiato: «Ho bisogno del tuo aiuto. Di uno come te, che racconta i misteri di questa città. Se lo fai significa che li conosci. Ti semplifico il problema. C'è la nebbia, una nebbia della Madonna, mio padre verso le undici del mattino è in corso Vercelli e qualcuno gli spara in testa. Tre colpi. Poi scappa. L'unica ad aver visto il fatto è un'infermiera che abita lì accanto. Dichiara alla polizia che a sparare è stata una donna. Il tizio che segue il caso le mette davanti qualche foto. Tra cui quella di mia madre. Sai come sono i questurini: pensano subito a qualche storia torbida in famiglia, soldi, tradimenti, roba di odio represso e *vattelapesca*».

«Anch'io adoro come parlava Holden» dice. Il Fenomeno è uno che ha letto tutto.

Continuo senza commentare: «L'infermiera riconosce l'assassina. È mia madre quella che ha sparato a Papà. Lo conferma senza manco un ripensamento. Mia madre ha un alibi. Dice che a quell'ora era a casa, poi a lezione. Ma i tizi della Omicidi fanno un'indagine nel palazzo e nessuno, nemmeno uno tra i negozianti della via, l'ha vista uscire. L'alibi va a farsi fottere. Mamma viene arrestata. Al Fatebenefratelli le fanno anche il guanto di paraffina. Niente tracce di polvere da sparo sulle mani, unghie e polpastrelli immacolati. Ma questo, dicono, è ininfluente. Poteva portare dei guanti. L'arrestano. Però 'sti guanti non li hanno trovati. Non hanno trovato nemmeno la pistola che ha sparato. Non esiste un movente. Adesso mia madre è in cella d'isolamento. Ma io so che non è stata lei a uccidere Papà». Lo fisso come si fissa un tabernacolo in chiesa. «Finnekens, aiutami a scoprire chi è stato.»

Lui manda giù un sorso di birra. Ne ha viste tante, ma una così mai, un giornalista divora-romanzi che viene a chiedere aiuto a uno che li scrive. Ci pensa, ci ripensa, poi: «Sai cosa mi ricorda? Quel libro di Soriano, *Triste, solitario y final*. All'inizio c'è Stan Laurel che va da Philip Marlowe e gli chiede d'indagare su come mai al pubblico lui non fa più ridere. Cazzo, è un inizio di storia meraviglioso. In fondo mi stai chiedendo una roba simile. Ci hai messo me al posto di Marlowe. Vorresti risolvere un omicidio con l'aiuto della letteratura».

Si mette a ridere e a un tratto tossisce a scossoni, anche se il suo cubano è spento. Ha centrato il punto con la precisione di un pantografo, un trentenne giornalista che si ficca in testa di fare un'indagine parallela sull'omicidio del padre partendo dalle fantasie sepolte nelle pagine dei libri. Che poi sarebbe come dire *cerco la verità nella finzione*. Guarda come se la ride, Finnekens, mi ha appena confessato che i libri non servono a un cazzo, ma questa storia lo acchiappa. Scuote la testa come per dire *non lo farò mai* e invece è un disarmato sì: «Quando cominciamo?».

«Quando vuoi tu.»

Mi squilla il cellulare. È Veronica. Rispondo: «Ciao amore».

«Sono a Milano.»

11

A casa, quella notte

Fare l'amore la sera del giorno del funerale del padre. Anche questo forse succede solo nei romanzi. Da ragazzo avevo sottolineato un pezzo magnifico di Jack Kerouac: *Ci sono troppe cose che mi piacciono e mi confondo e mi perdo a correre da una stella cadente all'altra fino allo sfinimento. Questa è la notte, ecco cosa ti fa. Non avevo niente da offrire a nessuno tranne la mia confusione...*

Con Veronica è esattamente così, facciamo l'amore fino a stordirci, scopiamo, e nelle pause le sputo fuori tutto, particolari, dinamiche, dubbi, avvocati, poliziotti, la metto a conoscenza di ogni cosa, mi allargo fino a fare entrare in scena Finnekens. Lei ascolta paziente, senza commentare, e questo le permette di tacere sui perché, di omettere, di non entrare nel marasma di quello che mi strazia. Veronica e io facciamo finta che la passione sia un rimedio; forse era proprio questo l'antidoto dei ragazzi di Kerouac a zonzo per l'America per dimenticare l'ovvio: bere e scopare, annullarsi nel presente. Verrà da sé il momento di riparlare del tempo di prima e del tempo di domani.

Ci addormentiamo.

Poi, nella notte già profonda, riapro gli occhi. Lei è sveglia e mi fissa con tenera apprensione. Come è bella: capelli biondi, occhi verde bottiglia, occhi intelligenti che stonano con le sue tette grandi. È ancora così giovane da non riuscire a immaginare un padre preso a pistolettate in una strada di Milano. Lei è una ragazza che sogna il cinema, non per farlo ma per insegnarlo, magari a studenti che un giorno proveranno a esserne i protagonisti. Era volata a New York per dare un taglio a questo paese di vecchi coglioni che rifanno il *neorealismo* per sentirsi *autori giovani*. Ma quale realismo, il cinema non è verità, il cinema è racconto, un lungo racconto di caratteri e sentimenti, e soprattutto di *storie*, non di *resoconti*. E nella notte, Veronica vuole sapere da me la *mia* storia.

«Ci stai pensando all'idea che sia stata tua madre a sparare? Per forza ci stai pensando» mi fa lei, quasi sottovoce.

«Ci penso e dico che non è possibile.»

«Tu amavi di più tuo padre o tua madre?»

«Amavo lui. E amo lei.»

«In maniera diversa?»

«Da piccoli è più facile amare una madre. Poi da grande ti accorgi che con un padre è più semplice.»

«Anche se lo credi impossibile, dimmi una ragione per la quale tua madre avrebbe potuto spararegli.»

«Posso dirti le ragioni che escludo. Odio, follia, denaro, rabbia.»

Pausa.

«Cosa resta d'altro?» chiedo, e mi chiedo, io.

«La vecchiaia.»

È una fucilata, dritta dallo scaffale polveroso di una libreria. È come se mi arrivasse davanti agli occhi la copertina Gallimard di *La vieillesse*, il saggio di Simone de Beauvoir. La vecchiaia disossata dalla sua intelligenza, la vecchiaia come argomento disonorevole e proibito. La immagino nel suo appartamento parigino con accanto Sartre, a battere furiosamente sulla macchina da scrivere per denunciare l'orrore del fine vita, le umiliazioni, la presa di coscienza dell'impossibilità di adeguarsi al presente. Quella vecchiaia che il padre medico di Aldino un giorno definì *una malattia*: se non si muore di altre malattie si muore di vecchiaia, perché è una malattia. A quale vecchiaia si riferisce Veronica? A quella di mia madre? Ha solo sessant'anni, è solo anziana, la sua mica è una vecchiaia conclamata. Forse Veronica intende quella di mio padre, ma anche lui non era mica vecchio.

Poco meno di un anno fa, mentre cercavo una carta nella sua borsa in pelle a soffietto, trovai una confezione di Cialis. Sì, Papà scopava ancora. Si è vecchi quando non si scopa più. Ma poi chissà cosa ti succede nella testa quando cerchi di figurarti gli anni a venire. Pensi saranno pochi, forse pochissimi, probabilmente ti prende il panico o la rassegnazione, getti la spugna, diventi uno dei vecchi di Simone de Beauvoir, che si ispirava al marito, Jean-Paul Sartre, mentre scriveva *La force des choses*. Sartre era le parole, la Beauvoir le cose; lei attaccata al concreto, lui all'ignoto della parola scritta. E tutto questo mi confonde, Veronica che affronta le *cose* mentre io cerco l'àncora di salvezza nelle *parole* stampate sui libri.

Poi arriva l'alba.

Come dice il proverbio africano: puoi svegliarti anche molto presto, ma il tuo destino si è svegliato mezz'ora prima di te.

12

Nell'appartamento di Finnekens, la mattina dopo

In confronto a quella del Fenomeno, la casa dei miei sembra una sala operatoria. Asciutta e rigorosa.

Qui, invece, il disordine pare quasi genetico. Sembra una discarica di vita vissuta. Oltre ai libri, ai fogli, ai residui di sigari, al vestiario sparso in maniera meticolosa, ci sono bottiglie, bicchieri, piatti, vasi di piante esotiche, un acquario con pesci tropicali – musica di sottofondo, Chet Baker – e c'è anche Spillane, un gatto soriano che ha tutta l'aria di saperla lunga, visto che quando entro se ne frega della mia presenza e richiude gli occhioni verdi con assoluta indifferenza.

Finnekens mi fa accomodare su una poltrona in pelle. Sembra eccitato, ha voglia di parlare, mi dice: «Ho un casino di idee in testa. Ci ho pensato. Ho una linea guida da leccarsi i baffi». Prende un quadernone unto di ketchup. «Per risolvere l'omicidio di tuo padre dobbiamo inventare una storia dal nulla. Insomma, dal quasi nulla. Dai fatti che abbiamo. Ma prima d'inventare questa storia serve un titolo, e io ce l'ho.» Mi sorride, contento di sé. «*Una giornata di nebbia a Milano.*»

«Fico.»

«Yes, fichissimo. Perché l'unico dato certo che copre l'omicidio è la presenza della nebbia. La testimone ha visto tua madre sparare. Ma c'era la nebbia. E siccome noi siamo convinti che a sparare non sia stata lei, la nebbia diventa l'elemento fondamentale della storia.»

«Sei convinto anche tu che non ha sparato mia madre, vero?» dico io, scettico.

Finnekens scuote la testa. «Cazzo di domanda mi fai? Io qui sono lo scrittore, mica il poliziotto. Per me tutto è possibile. Uso la fantasia. Tu mi hai detto che tua madre non è colpevole e io adesso ci devo solfeggiare sopra. Sono come un killer professionista, tu mi indichi il bersaglio e io sparo. Ma se mi indichi un bersaglio sbagliato va tutto a puttane. Luca, pensaci bene, e per l'ultima volta: potrebbe essere stata tua madre a sparare?»

Ci penso per l'ultima volta. «No. Impossibile.»

Così Finnekens ritrova fiducia. E mi indica qualcosa sul quadernone. «Ho buttato giù degli appunti. La grammatica di una storia gialla. Per prima cosa ci servono dei *cattivi*. Senza cattivi una buona storia drammatica non esiste. Tu ne hai qualcuno da farmi annusare?»

«Ci devo riflettere.»

«Fallo in fretta. Guarda che certe volte sono i buoni a essere cattivi. Voglio dire che devi muovere il binocolo a trecentosessanta gradi.» Poi punta il dito su una riga sottolineata due volte. «La cosa più importante, però, è un'altra. Dobbiamo indagare sui *misteri*. I grandi gialli della letteratura sono costruiti sul *mistero*. Di solito è un mistero che la vittima nascondeva. O un mistero del quale non era a conoscenza. Ma anche un mistero legato ai luoghi nei quali si svolge la storia. Kierkegaard diceva che la vita non è un problema da risolvere. È un mistero da vivere.» Ride. «Tranquillo, non me la sto tirando con la filosofia, significa semplicemente che il vero mistero è la vita, la nostra, quella di tutti i giorni, e questo funziona a meraviglia con i tre colpi di rivoltella sparati in testa a tuo padre: sono colpi sparati dalla vita, la sua, quella quotidiana, e quindi se la passiamo al setaccio o se ne inventiamo una possibile forse riusciamo a strappare il velo di nebbia che per il momento copre tutto.»

Segue un silenzio infrangibile, ma così assordante che Spillane si sposta in fondo al salone.

Finnekens si rimette in moto. «Torniamo ai cattivi. Conosci Victor Gischler? Un mito. *Notte di sangue a Coyote Crossing* è un suo romanzo da pippe. Secondo Victor, il cattivo spesso non sa di esserlo. Nella sua testa è lui l'eroe della storia. Sai perché ti dico questo? Perché è il meccanismo di molte storie gialle. È la chiave di *Che fine ha fatto Baby Jane?* Per tutto il tempo della storia pensi che sia Jane la cattiva e sua sorella Blanche la vittima. Poi, alla fine, tutto si ribalta. La figlia di puttana è Blanche. Che ne dici se nella nostra storia partiamo dall'idea che il cattivo non è chi ha sparato ma tuo padre, la vittima?»

Solo adesso mi rendo conto che mi sono andato a ficcare in un guaio vero. Non bastava avere dubbi sull'innocenza di mia madre, adesso il Fenomeno vuole ragionare sulla colpevolezza di mio padre, un artista borghese che ha sporcato le sue dita solo con le note nere di Chopin e Schubert, un uomo meraviglioso. Che cazzo ne sa Finnekens di mio padre? Cattivo il mio Papà? Però sono stato io a chiedergli una mano. A lui che immagina, che inventa trame, e la sua idea di ribaltare l'apparenza, di scandagliare oltre il velo di nebbia, è una *signora idea* da romanzo. È questo che gli ho chiesto, non la verità, gli ho chiesto una trama travasata nella sua immaginazione dalle scorie di qualche libro rimasto nella sua memoria. Sì, mi sono ficcato in un guaio, e l'ho scelto io. Perché senza i libri non saprei che farmene della mia vita, e Finnekens ha accettato questo lavoro *sporco* con la clausola che qualcuno doveva pur farlo.

È un fiume in piena: «Di romanzi fondati sul mistero ne esistono a tonnellate: *Cuore di tenebra*, magnifico e potente, ma anche il sorprendente racconto di Daphne du Maurier, *Rebecca, la prima moglie*, dove il rapporto tra marito e moglie è una continua giravolta di menzogne e verità. Credimi, noi dovremmo partire proprio da questa trama. Te la butto lì. Tuo padre e tua madre, protagonisti di un matrimonio esemplare, in realtà nascondevano un mistero. Quale? Si odiavano».

13

In redazione, quel pomeriggio

Mi accolgono con facce di circostanza. I primi a venire ad abbracciarmi sono Galbiati e la Giusy Bonelli. Lei fa finta di non sapere che sono stato io a sfondare l'orecchio al suo ganzo. «Ti voglio bene» mi dice come se scrivesse *tvb* in un WhatsApp. Mica male come trovata linguistica, per una che è stata assunta a recensire romanzi. Lui, il suo verme, sta defilato in fondo al gruppo. E ci sono la Nives e gli altri, sembrano una rancida squadra di calcio dopo una sconfitta, ma qui l'unico che ha perso la partita sono io. Rispondo a tutti con un mezzo sorriso da filodrammatica. L'unica che si stringe a me con le sue tettone gonfie è la Nives, mi si appiccica addosso sfiorandomi la patta con la gonna, come a dirmi *Adoro gli uomini fragili, e se vuoi puoi infilarmelo dentro che ci penso io al tuo dolore*. Si è già fatta infilare dal Galbiati e dal verme, ci gioco una cifra, non sono mica così complicate le logiche di una redazione:

Ho le tettone e sono centralinista, fatevi un giro da me, ragazzi, che trombare con un giornalista per me è più gratificante che con Aziz del kebabbaro sotto casa.

Facce e frasi di circostanza, quindi alla chetichella ognuno torna nel suo box. Poi, la macchina del giornale riparte a scossoni, e anch'io mi siedo alla mia scrivania, dove mi aspettano recensioni e inviti a presentazioni in librerie sparse per Milano in cui si raduneranno quattro zie, qualche disturbato grafomane, un vecchio compagno di scuola dell'autore e una psicologa della Cattolica che ci spiegherà cosa si nasconde nel marcio della testa degli uomini che odiano le donne. Oramai solo romanzi nei quali 'sti cazzo di uomini odiano le donne.

Mi squilla il telefono fisso, rispondo: «Restelli».

Voce femminile, giovane: «Salve, sono Sonia Bugnati, si ricorda?».

Non ricordo. Silenzio.

Lei: «Circa sei mesi fa le ho inviato un mio romanzo, un giallo ambientato a Varese, *La voce del lago*».

«Abbia pazienza, Sonia. Ricevo due romanzi al giorno. Controllo, e se trovo il tempo lo leggo. Tenga conto però che faccio appena tre recensioni al mese.»

«No, non le sto chiedendo di essere recensita. Ho letto sui giornali quello che è successo a suo padre. Mi dispiace molto. Le faccio le mie condoglianze. Ma è davvero incredibile. Sembra la trama del mio romanzo.»

«In che senso?» indago io, facendomi improvvisamente attento.

«Nel mio libro c'è un avvocato che viene ucciso durante una giornata di nebbia. E anche nella mia trama viene arrestata la moglie. Nel mio caso una moglie innocente.»

Recupero penna e bloc-notes. «Anche nel mio è innocente. Mi dia il suo numero. Cerco il libro e appena posso la richiamo.»

Annoto, poi scatto in piedi e mi precipito verso l'armadietto dove congelo i libri ricevuti. Scaravento giù pile di volumi, cerco affannosamente. C'è di tutto, poesie, viaggi, ricette di cucina, autobiografie insensate, e romanzi, tonnellate di romanzi. Eccolo, lo afferro, è lui: *La voce del lago*. In copertina un lago e una pistola che rotea in aria, il tutto rarefatto, avvolto dalla nebbia.

14

A Porto Ceresio, il giorno dopo

È un discreto bar, con tavolini graziosi allineati in strada, vista sul lago di Varese. Località Porto Ceresio, circa tremila abitanti, aria pedemontana frizzante che penetra l'olfatto. Il sole gioca tra cumuli di nuvole bianche e alte, fa freddo, ho il montgomery incollato ai vestiti. La vedo arrivare. Trotterella su tacchi da provincia ricca, Sonia Bugnati scrittrice di gialli. *Mica male*, mi dico mentre si avvicina: trent'anni o giù di lì, capelli castani, lunghi e folti, occhi di un grigio anomalo. Si toglie i guanti e mi tende una mano da *vendeuse* di profumi.

«Salve Restelli, sono Sonia.»

«Ho letto il suo libro stanotte» esordisco io, entrando a piedi uniti.

Si siede. «Le è piaciuto?» mi chiede imbarazzata.

«Lo potrei anche recensire, se non mi riguardasse così tanto.»

«Incredibile, no? La nebbia, due colpi di rivoltella e

la moglie della vittima che viene accusata dell'omicidio.»

«Ho letto che anche lei è giornalista.»

«Già. Lavoro nella Cronaca a *La Prealpina*. Magari ci diamo del tu.»

Cavolo, la Miss in redazione da noi è la Nives con le sue tette sfasciate, guarda a *La Prealpina* come stanno messi. Con una Sonia d'incanto.

«La storia del tuo romanzo l'hai presa da un fatto vero?» dico passando al tu.

Ride. «No, ti pare? Qui la nebbia non la vediamo più da anni. È tutto inventato. Mi piace inventare trame gialle.»

La fisso con una certa apprensione. «Secondo te chi ha ucciso mio padre potrebbe aver letto il tuo romanzo? Voglio dire: potrebbe essersi ispirato alla tua storia?»

Sonia è sorpresa. «Ti pare che uno uccide nel modo che ho inventato io in un libro?»

«È una possibilità» la butto lì.

«Ma è una possibilità quasi *impossibile*. Sai quante copie ho venduto? Centoventi. E quasi tutte qui tra la gente del lago.»

«Anche quelli del lago possono uccidere.»

Sonia cerca di mettere in ordine il mio ragionamento: «Ok. Però spiegami perché qualcuno del lago di Varese dovrebbe sparare in testa a tuo padre».

È una giallista, usa l'algebra della deduzione. E io ripesco il decalogo di Finnekens: «Nei gialli tutto si regge sempre su un *mistero*».

«Ma tu l'hai letto il mio libro?»

«D'un fiato.»

«Nella mia storia non c'è alcun mistero. È un'indagine tradizionale. C'è una giornalista che indaga insieme a un commissario. E alla fine scoprono che a sparare non è stata la moglie della vittima.» Non si fida ancora di me. «Chi ha sparato?»

«Il fratello della vittima» rispondo subito io, che ho veramente letto il suo romanzo d'un fiato.

Sonia si rasserena. «Esatto. Il fratello della vittima. Che si è travestito da donna per far ricadere la colpa su sua cognata. Che poi, diciamolo, non è nemmeno 'sta gran trovata. È roba già usata da Brian De Palma. Il mio romanzo, se ha un merito, è quello di descrivere il mondo della provincia.»

Quanti disastri ha combinato quel genio di Piero Chiara – i laghi, la provincia, le nebbie.

«Resta il fatto che la tua storia assomiglia moltissimo a quella di mio padre. Mi interessa capire come cavolo ti è venuta in mente.»

Sonia apre la sua borsetta, tira fuori un dattiloscritto, me lo mostra. «Immaginavo che mi avresti fatto questa domanda. Ho iniziato il mio romanzo dopo aver letto un articolo. Lo ha scritto un collega che vive a Brugherio. L'ho portato. Se vuoi te lo leggo.»

Mi accomodo sulla sedia, tutto orecchie.

Sonia inizia a leggere: «Stamattina, quando mi sono svegliato, c'era la nebbia. Nonostante il posto dove vivo si chiami Brugherio, non ha più molto a che fare con una brughiera, che dovrebbe essere una pianura piena di arbusti, torbiere, cespugli e fossi. Anche la bruma mattutina è ormai un fenomeno decisamente raro dalle nostre parti, il calore della città non le permette di formarsi. Quando c'è, però, tutte le strade diventano dei trampolini verso il nulla e quindi per il breve tragitto che mi separa dal lavoro vivo in una nuvola; è piacevole, ma non rassicurante. Alla lunga forse è meglio toccare tutti i giorni gli stessi oggetti di materia bruta, piuttosto che rimanere sospesi in un mare di bianco. L'indeterminatezza o il semplice mistero conturbano, e alla fine c'è sempre bisogno di qualcuno che sciolga i nodi, che porti la luce nel buio. Ecco forse perché ci piacciono tanto i romanzi d'investigazione: alla fine c'è sempre qualche tizio che riesce a capirci qualcosa, e non ci importa assolutamente niente di sapere come faccia a farlo. Sì, perché ciò che conta è il risultato, e tutta la tensione, tutte le strade che portano alla verità passano in secondo piano, rispetto alla sensazione di ordine e tranquillità che ci regala la soluzione del caso. Ogni pezzettino che l'eroe fa emergere dalla nebbia riporta l'ordine che si era infranto». Sonia ripiega il foglio. «L'ho letto e ho deciso che l'eroe che ci porta fuori dalla nebbia doveva essere la mia giornalista. Che poi, in qualche modo, sono un po' io.»

Il sole torna a fare capolino attraverso le nuvole bianche che coprivano il lago. In fondo anch'io vorrei diventare l'eroe di questa tragica storia familiare, vorrei trascinare uno straccio di verità fuori dalla nebbia. Ma non sarà il romanzo di una giallista di Porto Ceresio a strappare il velo che avvolge il mistero. Forse ha proprio ragione Finnekens, *i nostri libri non servono a un cazzo.*

15

In giro per Milano, quella sera

«Te la scoperesti la scrittrice del lago?» chiede Finnekens.

«Di sicuro te la scoperesti tu.»

È da quasi due ore che il Fenomeno mi scarrozza in giro per Milano. La sua Milano, un gioco dell'oca avanti e indietro in pub quasi fighetti e *latterie* che avrebbero entusiasmato Sanguineti e Balestrini. Pattugliamo la zona dei Navigli con perversa indolenza. Non è mai stanco, lui, beve e s'infila in bocca arancini e pizzette, ha un debole per le *bar tender*, mi dice che gli ricordano le storie di Ellroy, finge di confondere Milano con West Hollywood. Poi, però, salta fuori il richiamo dell'appartenenza e mi racconta un romanzo *introvabile* di Simonetta, che nemmeno se lo ricorda bene ma gli piace da pazzi.

«Simonetta è l'amico che avrei voluto avere e la persona che avrei voluto diventare. Se penso a Milano, penso a Simonetta.»

Mi torna in mente *La ballata del Cerutti* che Simonetta scrisse per Gaber. Uno se nasce a Milano dovrebbe per forza chiamarsi Gino, così come se fai il giornalista a Milano e non sei stato in redazione al *Giorno*, come c'era stato lui, ti sei perso qualcosa. Simonetta era uno che come amici aveva Fo&Parise&Parenti. Io invece ho l'Aldino. Che ingiustizia nascere *dopo*. Mi ricordo che piaceva anche a mio padre, il Simonetta paroliere. Da piccolo, ogni tanto, mi recitava ridendo dei versi di *Una fetta di limone*. Io ascoltavo e ridevo felice, eravamo felici, e adesso lui riposa al cimitero Monumentale.

Finiamo il *tourbillon* a Le Trottoir, alla Darsena, il suo locale preferito. Tavolo d'angolo riservato. Finnekens si accomoda come un fantino sulla sella del suo purosangue e intorno gli fanno festa. È a casa sua. C'è una fauna di quella Milano che non sospetti e non immagini, nella quale lui sguazza. Lancia sguardi in giro in cerca di prede e consensi, poi mi dice, con voce divertita: «Qui ci ho scritto tanta roba finita nei miei romanzi. Tu dirai, adesso: "Capisco perché sono venuti male". Sai, mica tutti hanno il culo di scrivere nella vasca da bagno come Marcel Proust».

Si stappa una birra ridacchiando per il paragone altisonante.

Poi, io: «Ci ho pensato. Ecco la risposta. Quella scrittrice del lago me la scoperei».

«Grande Luca! Allora fallo! Senza pietà e senza rimorsi!»

Alla fine ritrova un contegno, una parvenza di consapevolezza del suo ruolo maieutico. «Senti, l'idea della ragazzotta della *Prealpina* non è proprio da buttare via. Segui il ragionamento. Noi facciamo il tifo per tua madre, per noi è innocente. Ma c'è quella stronza d'infermiera che giura di averla vista sparare. Quindi non è scartabile l'idea che a sparare sia stata un'altra donna *truccata* da tua madre.»

«Chi? Ma soprattutto perché?»

«Siamo alle prime pagine della storia e tu vuoi già leggere il finale?»

«Hai ragione. Ma basta *che ci sia* un finale.»

«Dipende da noi. Possiamo immaginarne cento possibili. E se uno ci convince, lo stampiamo.»

«Dai, prova tu con uno.»

Finnekens manda giù un lungo sorso di Guinness e intanto riflette.

«I tuoi si odiavano» lui.

«Lo dici tu» io.

«Cazzo, sto ragionando» il Fenomeno, seccato. «*I tuoi si odiavano* significa *facciamo l'ipotesi che i tuoi si odiassero.* Be', se è così, perché si odiavano? La prima risposta sta nella banalità, quindi è corretta: si odiavano perché non si amavano più. E perché non si amavano più? Per esempio perché uno dei due si era innamorato di un'altra persona. Facciamo finta che a innamorarsi di un'altra donna sia stato tuo padre. Quest'altra donna chiedeva a tuo padre di lasciare tua madre e scappare via con lei. Ma tuo padre nicchiava. Anche questo è banale, ma è maledettamente vero, gli uomini non prendono mai decisioni del genere, nicchiano. Allora la donna ha deciso di forzare la mano. O io o lei. Tuo padre, messo alle strette, ha preferito la moglie, tua madre.»

«Quindi sarebbe una vendetta. L'amante di Papà si camuffa come mia madre, la sua rivale, e spara approfittando della nebbia. Risultato: mio padre muore e mia madre viene accusata dell'omicidio. Una vendetta perfetta contro di lui e contro di lei.»

Finnekens mi fissa serio. «Tu lo pubblicheresti un romanzo così?»

«Quello che ha scritto la giornalista del lago lo hanno pubblicato.»

«Allora cambio domanda. Tu lo leggeresti un romanzo così?»

«Smetterei a pagina sette.»

Finnekens esplode in un boato d'ilarità. «Esatto! È una trama banale e stronzissima. Questa bionda del lago ci ha confuso le idee. Invece di puntare in alto ci siamo adagiati nel *mediocre*, per non dire nel *pessimo*. Cristo, un cazzo e logoro travestimento. Qui bisogna sbattere in campo i massimi sistemi. La letteratura vale qualcosa se è *bella*. Dobbiamo salire di livello, amico mio. Ti faccio un po' di nomi e tu tirane fuori uno: Faulkner, Gadda, Cervantes, Musil, Orwell, Zamjatin, Grass, Camus, Sōseki.»

«Zamjatin non lo conosco.»

«Ma dai, Restelli, *Noi* è uno dei romanzi russi più affascinanti del Novecento! Stampatelo nella zucca, 'sto nome: Evgenij Ivanovič Zamjatin. *Noi* è il primo romanzo messo al bando dai comunisti durante la Rivoluzione.»

«Che c'entra la Rivoluzione russa con un omicidio in corso Vercelli?»

«C'entra, ignorante! Sai cosa racconta, *Noi*? È una storia ambientata nel futuro. Zamjatin immagina una società statalista che ha individuato l'infelicità nel libero arbitrio. Per impedire che il popolo sia infelice, usando la propria testa, i burocrati al potere spiano i cittadini. Come? Hanno costruito delle case trasparenti dove tutti sono sempre visibili. Hanno sempre sotto controllo quello che fanno e quello che dicono.»

«È troppo complicato. Dei nomi di prima scelgo Gadda. Almeno è italiano. Mi sento più a mio agio.»

«No, testa di minchia. Restiamo in Russia.» Finnekens si diverte come un bambino dispettoso. «Non capisci che la trama di *Noi* è una vertigine assoluta? È esattamente l'opposto di quella sulla quale stiamo indagando. Nel nostro caso l'elemento fondante è la nebbia. Una nebbia densa che ci impedisce di mettere a fuoco i personaggi. Zamjatin, invece, ribalta la prospettiva. Ambienta il suo racconto in un mondo dove *tutto* è visibile. I suoi personaggi sono forzatamente tracciabili. Fisicamente e mentalmente. Non hanno segreti. Si torna sempre lì, ai *misteri.*»

Il Fenomeno ti spiazza sempre con dei salti in avanti. Forse è per questo che ha successo con le donne, le riempie di parole, allusioni, fa diventare possibile l'impossibile, le sorprende con rimandi accertati negli intrighi di qualche capitolo di Laclos o di Virginia Woolf, intorta con i classici le segretarie e le commesse della Milano postmoderna. Gli piace vincere facile con queste divoratrici di dialoghi televisivi, di baruffe pomeridiane negli studi di Cologno dove si parla d'amore, e di corna, e di sesso, banalizzando i sentimenti con l'accetta del pensiero *social*.

Finnekens non mi dà tregua: «Proviamo ad ascoltare Zamjatin. Se anche noi circondiamo la scena del delitto con dei muri di vetro, quindi cancellando la nebbia che li avvolge, siamo in grado di guardarli e di ascoltarli come facevano i burocrati di *Noi*. Sono in tre: tuo padre, la donna che gli spara e l'infermiera che assiste al delitto. Adesso li vediamo bene. Tuo padre è sorpreso? O invece è tranquillo perché conosce e si fida della donna che sta per ucciderlo? Lei, invece, l'assassina, è davvero così anziana come dice l'infermiera? Oppure è di mezza età? O addirittura giovane? E questa infermiera vede esattamente la scena? O è leggermente di spalle, quindi può solo intuirla? Attenzione: i personaggi in scena sono solo loro tre o la nebbia ne nasconde qualcun altro? E se l'infermiera era di spalle è stato questo *qualcun altro* a sparare? Se sì, perché la presunta assassina è fuggita? Forse per lo spavento? Ma perché se è innocente non si è fatta viva dopo, per raccontare la verità? E se a sparare, con il guanto, fosse stata l'infermiera, per poi scagionarsi inventando un'altra colpevole?». Mi fissa con occhi scintillanti. «Insomma, se cancelliamo la nebbia saltano fuori decine di possibili tracce d'inchiesta.»

«Penso che gli inquirenti abbiano fatto gli stessi ragionamenti, anche senza aver mai letto un rigo di letteratura russa.»

«Hai ragione. Ma se chi indaga non ha letto *Noi* ha in mano una carta in meno. Che invece abbiamo noi. Scusa il gioco di parole, *noi* non il titolo del romanzo, *noi* per dire *noi due*. E sai qual è questa carta? È in alcune pagine del libro, quando Zamjatin ci spiega perché i burocrati non vogliono il libero arbitrio del loro popolo. Non lo vogliono perché il libero arbitrio non porta affatto l'infelicità, al contrario ci permette di essere felici. E in un mondo totalitario il grande nemico è la felicità personale. Chi cerca di essere felice *privatamente* va eliminato. Questa carta è fondamentale. Non è tanto una questione di luce e di nebbia, quello che dobbiamo scoprire non è *chi l'ha ucciso*, ma *perché*. E se seguiamo Zamjatin la risposta è una sola: tuo padre voleva essere felice e un nemico della sua felicità lo ha fatto fuori.»

Lo guardo con ammirazione.

Il Fenomeno se ne accorge e mi dice, quasi scusandosi: «Sai che diceva Jim Morrison? *Se vuoi uccidere un uomo, privalo del suo sogno più bello*». E aggiunge, fiero della sua divagazione pop: «Chissà quale felicità inseguiva tuo padre».

16

A San Vittore, il giorno dopo

L'avvocato Pozzi è riuscito a farmi ottenere un colloquio con mia madre nel carcere di San Vittore.

Entro per forza con in testa il *Ma mi ma mi ma mi* di Strehler. Altra storia, però, adesso non si *ciappano* schiaffoni e calci al costato, sono *bott'* psicologiche che mordono la dignità. Una professoressa di letteratura rinchiusa con le spacciatrici.

Eccola che entra nella stanzetta tagliata in due dal vetro divisorio, a stabilire il dentro e il fuori. Indossa ancora gli abiti di qualche giorno fa. È invecchiata nell'incarnato del viso, non mostra né sdegno né rabbia, solo rassegnata pazienza.

«Ciao Luca.»

«Ciao Mamma.»

La comunicazione avviene attraverso altoparlanti comandati da un tasto. Una agente carceraria segue a distanza il colloquio, sembra distratta, esamina il colore delle sue unghie, fa quello che le farebbe fare uno sceneggiatore di fiction. La realtà assomiglia alla banalità dei racconti televisivi, ma anch'io e Mamma non sfuggiamo al prototipo.

«Come stai?» io.

«Mi servono due camicie da notte» lei.

Difficile trovare un incipit sensato.

«Cerca di non buttarti giù. In qualche modo Alfonso ti tirerà fuori. Ti trattano bene?»

«Per il momento sto in una cella da sola.»

«Preferisci?»

«No. Ogni tanto parlare fa bene.» Ha un attimo di smarrimento. «La sera mi piaceva parlare con tuo padre.»

Papà è ancora inchiodato alla sua vita. L'uomo buono e gentile che l'ha accompagnata per quasi quarant'anni, l'uomo con il quale lei ha fatto me. Mi ero preparato una lista di domande, adesso sono in totale confusione, a che serve chiedere? Affondo lo sguardo nella sua presenza vicina eppure così distante, quel vetro ci separa in maniera violenta. Lei non parla, io non chiedo, l'agente carceraria si è persa nel viola delle sue unghie, ma poi mi esce fuori tutto, come lo schizzo a stantuffo di un geyser.

«Ti sei data una spiegazione di quello che è successo?»

«Non ancora. In questi ultimi giorni ho pensato ad altro.»

«A cosa?»

«A te.»

È come una pugnalata al fegato. «In che senso a me?»

«Mi chiedo cosa stai pensando tu.»

«Che idea ti sei fatta?»

«Sei confuso. Perché tra le mille cose che ti girano per la testa, pensi anche alle ragioni che avrebbero potuto spingere tua madre a uccidere tuo padre.»

«Non è così.»

«Invece sì. E fai bene. Il dubbio è la forma più sottile dell'intelligenza. Tutti dubitiamo. È un nostro diritto.»

È da tanto tempo che non parlo più con mia madre. Voglio dire *parlare* sul serio, parlare dei segni che impastano le zone d'ombra del nostro legame ombelicale. Non le ho mai parlato di Veronica, non le ho parlato delle mie frustrazioni professionali, della solitudine che mi assale a ondate cicliche quando rientro a casa la sera; non le parlo più nemmeno dei libri che leggo. E lei non mi racconta più quello che ha imparato lei leggendo, ha trascorso la vita a leggere e a spiegare ai suoi studenti perché leggere serve a vivere. Un giorno, quando avevo sedici anni, eravamo a tavola e mi disse: «In realtà, ogni lettore, quando legge, è soltanto il lettore di se stesso». Omise però chi aveva scritto questa frase. Qualche anno dopo ero arrivato da solo alla fonte: Marcel Proust, sempre lui. Oggi mi fa tenerezza sapere di essere cresciuto a tavola con una madre così. Chissà, nel fiume delle sue letture, cosa ha scoperto di se stessa. Adesso le può essere di conforto?

«Esiste una ragione che non conosco che potrebbe averti spinta a sparare a Papà?»

«Vedi che ci pensi?»

«Però non voglio pensarci.»

«Nemmeno io. Per difendermi sono costretta a dirlo al giudice, che non ho sparato. Ma non a te. Sono tua madre e tu sei in grado di capire da solo se sono colpevole o innocente.»

È innocente, certo che è innocente, come faccio a dubitare di una certezza così evidente?

«Per caso conoscevi la donna che ti accusa?»

«Mi hanno detto come si chiama. Mi hanno fatto vedere la sua foto. Non so chi sia.»

Restiamo in silenzio a guardarci.

A lungo.

Poi la visita finisce, tempo scaduto.

17

In via Giorgio Jan, quel pomeriggio

«Mi fa molto piacere che sia venuto.»

La signora Beccati mi fa entrare nel salotto del suo appartamento, via Giorgio Jan. Si respira aria di macerata poesia antica. Milano capitale del *design*, ma con le incrostazioni incancellabili delle *buone cose di pessimo gusto.*

Mi accomodo su un divano *cremisi*, un rosso sparito dalle tavolozze del mondo globale. È il piccolo mondo antiquato che ci arriva in legato dalla volontà dei nonni e poi dei genitori. È impossibile radere al suolo gli oggetti della memoria condivisa. Questo è un paese che *tiene famiglia* e che *mantiene oggetti*. Nei romanzi scandinavi è tutto Ikea, noi invece dobbiamo fare i conti con le cassapanche delle vecchie zie di Leo Longanesi.

«Suo padre veniva spesso a trovarmi.»

La seziono con gli occhi. Valeria Beccati non è Nonna Speranza: indossa un tailleur audace, gonna sopra il ginocchio, camicetta scollata, Finnekens l'avrebbe già puntata, corpo da bambola, vivaddio che le cinquantenni si sentano ancora così *fighe*. Mi sorride con malizia centellinata, mi versa un tè nero cinese e accanto qualche presa di sushi. Riesce con pochi battiti di ciglia a mettermi a mio agio.

«Possiamo darci del tu?» mi chiede lei.

«Certo. Io sono Luca» mi presento sorridendo.

«Valeria.»

«Tu e mio padre come vi siete conosciuti?»

Valeria fa ondeggiare i capelli come in un film in bianco e nero dei telefoni bianchi.

«Io sono una cantante lirica. Non scusarti se non mi conosci. Sono una *mediocre* cantante lirica. Sono una di quelle che sta in mezzo al coro della Scala. Evidentemente mi manca qualcosa per cantare più avanti sul palcoscenico. Però la passione assoluta è quella. Ancora ci credo. Violetta, Tosca, Madama Butterfly, ancora non dispero. Me lo diceva sempre, tuo padre: *La musica non ammette scorciatoie, bisogna studiare*. Lui mi dava lezioni private, prima qui c'era un pianoforte. Due volte a settimana a ripetere fino allo sfinimento *Quando men vo*, *L'amour est un oiseau rebelle*. Era un maestro paziente, inflessibile. Poi tra noi è cambiato tutto.»

Fissa la finestra cercando di riannodare i fili di una trama perduta.

«Hai avuto una relazione con mio padre?» le chiedo, secco.

«Sì, ma a senso unico.»

«Lui si era innamorato di te?»

«Il contrario. Io mi ero innamorata di lui.»

È come un goal inaspettato in contropiede. Valeria è una bella donna di cinquant'anni, mio padre era un signore più vecchio – sedici, diciotto anni di differenza – e austero, ma lei mi dice: *Io mi ero innamorata di lui.* Come funziona 'sta roba? Come fa il cuore di una che sta nel *range* sessuale di Finnekens a battere per un vecchio? Perché dai, Papà era un vecchio: pillole per la pressione, Omega-3 *à gogo*, le ricette alla Asl, la sciarpa nelle giornate uggiose, quei sintomi di rallentamento emotivo e deambulatorio che notavo ogni volta che lasciavo la sua casa. Era il nostro *nouveau roman*, io osservavo i suoi gesti minimi, le impuntature del suo linguaggio, decifravo i codici dei suoi comportamenti adulti. Sono questi i veri momenti di angoscia dei figli che scrutano la decadenza dei genitori. *Oddio, Papà sta diventando vecchio,* mi dicevo, e vai a pensare che in via Giorgio Jan c'è una corista con le tette che pensa al suo cazzo. Per questo lui teneva nascosto il Cialis nella borsa. Lei lo amava e lui no, ma una botta ogni tanto ci stava tutta, forse su questo divano cremisi, forse bevendo tè cinese e addentando sushi, come in un film *splatter* coreano, un'insensata storia d'amore metropolitano.

«Avete avuto rapporti?»

«Mai. Tuo padre era un uomo leale. Mi diceva che non sarebbe mai successo perché amava un'altra.»

«Un'altra chi? Mia madre?»

«Io e Giovanni ci siamo frequentati per quattro anni. In tutto quel tempo non mi ha mai parlato di tua madre.»

«Di chi parlava?»

«Di una ragazza.»

«Dimmi tutto quello che sai di lei.»

«Si era innamorato perdutamente di lei. Era felice. Pare che lei gli avesse chiesto di lasciare tua madre.»

«Ti ha fatto il nome?»

«Non l'ho mai chiesto.»

I suoi occhi grigi si macchiano di lacrime.

«Tu perché ti eri innamorata di lui?»

Ci mette un po' a rispondere. «Un giorno tuo padre mi portò un libro di Auden. Disse che lo aveva colpito il fatto che secondo Auden nessuna trama operistica potesse avere senso, dato che in situazioni sensate la gente non canta. Per me invece le storie operistiche hanno senso. I personaggi cantano perché devono mettere in scena il destino. E il destino non ha senso, non ha spiegazioni logiche.»

Già, la logica. A cosa serve la logica se qualcuno poi ci ha regalato l'immaginazione? Penso al mondo immaginato da Mozart e Rossini, nel quale le buffonerie risolvono le equazioni illogiche dell'amore e della vendetta, o a quello della letteratura, dove un tizio si risveglia scarafaggio, alla faccia della logica. Così nella vita vera accade che una Valeria Beccati, travolta dal desiderio, soffra pene d'amore per un vecchio musicista, il quale la rifiuta con i neuroni del suo cervello inchiodati al respiro di una *ragazza*. Cose che potrebbero succedere in un romanzo di Nathalie Sarraute.

Ma quello che potrebbe succedere succede.

Le sfioro il seno con la mano, lei mi fissa spaesata, le carezzo i capelli, lei si avvicina alle mie labbra, ci baciamo, le alzo la gonna, lei mi sale sopra, scopiamo sul divano, senza parlare, scopiamo e basta, atterriti dal mistero che circonda quello che il perimetro vago dell'anima non riesce più a contenere.

È stupefacente, forse lo faccio per risarcirla di quello che avrebbe voluto fare con Papà. E lei sicuramente sta pensando a lui. Io metto in scena un disperato addio alla sua integrità, al groviglio dei suoi sentimenti adulti che gli avevano fatto scegliere *quella* ragazza. Doveva essere lei, la *felicità* della quale parlava Finnekens. Qualcuno ha sparato a mio padre per mandare in frantumi quella felicità, per demolirla.

Forse proprio Valeria Beccati. La donna con la quale sto facendo sesso su un divano.

18

A casa, quella sera

A letto con Veronica non ho sensi di colpa, io amo lei. Ok, poche ore fa ho scopato con una contralto cinquantenne, ma non ci penso più, perché io amo lei, Veronica. Che poi qualcuno dovrebbe spiegarmi come funziona, 'sta storia: se uno tradisce il partner è per forza adulterio? Sta scritto nel libretto d'istruzioni? È una roba complicata l'adulterio. Nell'Ottocento Émile Zola si scagliò in un suo articolo contro una proposta di legge sulla separazione: *Cosa ne sarà di noi romanzieri se passa questa legge?* L'adulterio di Madame Bovary, di Anna Karenina, lo stanco gioco di società nei libri di Updike, nei romanzi di Moravia, la dolorosa pastorale di Roth. Salta il banco, se salta il tradimento. Anche Papà *tradiva*, tradiva per essere felice, vaffanculo ai sensi di colpa. Chissà però se Mamma lo sapeva, o era un *segreto*. Il segreto di mio padre. Insomma, mica tanto segreto, visto che la Valeria Beccati *sapeva*. Ma adesso, di una delle tre figurine congelate dietro al vetro di Zamjatin che ha spazzato via la nebbia di corso Vercelli, sappiamo qualcosa in più: niente sull'infermiera, niente sull'assassina, ma qualcosa di assai significativo sulla vittima. Papà era scosso da una passione adultera, e questo stravolgimento dei sensi riapre i giochi, le trame, le possibilità d'indagine.

«Dimmi un film in cui un uomo anziano s'innamora di una ragazza giovane.»

Veronica riflette. Non risponde mai mossa dall'istinto, è un cervello ordinato, il suo.

«*Lost in Translation*, di Sofia Coppola. Il maturo Bill Murray e la giovane Scarlett Johansson vivono una breve ed enigmatica storia d'amore fondata solo sulla condivisione dell'alienazione e della solitudine. La metafora è la presenza di un non luogo, l'hotel, e di un paese lontanissimo per usi, costumi e lingua, il Giappone. Ma quello che ci suggerisce la Coppola è la possibilità, per persone che si sentono così fuori da tutto, di trovarsi e risolvere le rispettive solitudini.»

Sembra la minicritica di una sua dispensa universitaria al Dams. Un bel film, però, *Lost in Translation*, come dice lei *enigmatico*. In fondo mio padre aveva qualche tratto non così dissimile da Bill Murray, una certa eleganza, la malinconica serietà. Ma chissà chi potrebbe essere la Scarlett milanese, che forse non è milanese, forse è una terrona mora inurbata, o una russa che fa marchette, o una ballerina anoressica della Scala, o *vattelapesca*. Milano come Tokyo, territorio di insoddisfazione, e mio padre come Bill Murray, un uomo insoddisfatto che cerca conforto nella malinconia di una ragazza afflitta dai tormenti della sua giovane età.

«Poi ci sono i film tratti da tutti quei romanzi che conosci bene tu, per esempio *Lolita*» riprende lei.

Subito il gigante Humbert Humbert s'impossessa del mio cervello. La copertina verde della Medusa Mondadori che ricordo ancora nella libreria di Mamma. E il film di Kubrick con James Mason e il corpo sinuoso di Sue Lyon. Una storia potente dove non c'è melodramma, non c'è suspense, non c'è perversione e quasi non c'è erotismo. Eppure, abbiamo pagato tutti un debito di devozione feticista a Humbert Humbert e alla sua insensata tenacia nel desiderare. Ci sono storie che non te le togli più di torno. Per questo sono universali? Siamo tutti Humbert Humbert? Mio padre era Bill Murray o Humbert Humbert? Era un ologramma visivo o un segno cartaceo impresso nella fantasia di milioni di lettori?

Ho la testa piena di ipotesi. Una su tutte mi ossessiona, da quando Finnekens ha gettato la sua provocazione nello stagno. Cerco di riassumerla a Veronica adattandola ai nuovi fatti.

Lei si accomoda con la testa appoggiata al cuscino del letto e si copre il seno con un lembo di lenzuolo, il gioco la diverte.

«Ho fatto un passo avanti. Ho scoperto che nella vita di mio padre c'era una *ragazza*. Una relazione importante. Talmente importante che la ragazza aveva chiesto a Papà di lasciare mia madre. Questi nuovi elementi potrebbero modificare sensibilmente la dinamica nella scena del delitto. Flashback. Quella mattina, corso Vercelli è scomparsa dietro un muro di nebbia. Non c'è. È un non luogo. Ma è il luogo perfetto per mettere in scena l'epilogo di una tragedia sentimentale. Il maestro Restelli, mio padre, ha appuntamento con Silvia – diciamo che si chiama così la ventiseienne bionda che ama e con la quale ha una relazione da più di due anni. Con Silvia, Papà è felice. Anzi, lo era, perché adesso le cose sono cambiate. Quella mattina mio padre è venuto a dire a Silvia che la lascerà. Che non se la sente di abbandonare sua moglie per lei. Ma in corso Vercelli, dove hanno appuntamento per questo ultimo chiarimento, c'è la nebbia e i due non si vedono, non si trovano. Si cercano a tentoni. Lei allora chiama mio padre con il cellulare. Questo è ciò che pensa il lettore, o il pubblico, se fosse un film. Gli dice: *Sono accanto al palo della fermata del tram*. Ma non ha parlato con mio padre. Ha parlato con una donna. Quale donna? La moglie di Restelli, mia madre. Silvia ha dato appuntamento anche a lei. Perché? L'ha convocata per giocarsi l'ultima carta, metterla di fronte alla verità: vuole che veda e senta che tra lei e suo marito esiste una storia di cuore. In realtà, l'ha attirata in una trappola. Nella nebbia, sono tutti e tre lì in corso Vercelli. Mio padre trova finalmente Silvia tra i fumi, ma non si accorge che alle sue spalle sta sbucando fuori sua moglie. Papà, ignaro, ribadisce a Silvia che alla sua età non ha la forza per abbandonare mia madre. Silvia tira fuori dalla borsa una pistola. Spara tre volte. Ma non spara a mio padre, spara alla moglie. È lei il suo bersaglio. È lei che vuole uccidere. Però succede qualcosa. Un attimo prima degli spari, mio padre, forse sentendo la presenza di qualcuno, si gira. Si volta di scatto, spostandosi, e i colpi di Silvia centrano in faccia lui. A intravedere la pistola che spara nella nebbia, ma solo la pistola, c'è una passante. Sulla scena del delitto non sono in tre, sono in quattro. Questa è la grande novità. L'infermiera, mia madre, mio padre e Silvia. L'infermiera vede la pistola ma c'è la nebbia e non capisce subito chi ha sparato. Solo dopo una frazione di secondo, attraverso uno squarcio nella nebbia, scorge il viso terrorizzato di mia madre che scappa via. Vede lei, e non Silvia. Per questo l'infermiera scambia mia madre per un'assassina.»

Fisso Veronica in attesa di un suo commento critico.

«Se è vero quello che hai scoperto, che nella vita di tuo padre c'era una ragazza, la tua è una soluzione possibile del mistero avvolto nella nebbia di corso Vercelli. Ma scusa se sono brutale. Se tuo padre tradiva tua madre perché amava Silvia, allora la soluzione più plausibile è quella più ovvia. A uccidere tuo padre è stata tua madre.»

Me lo dice con una naturalezza sconcertante e io non riesco a trovare un argomento *logico* per smontare la sua conclusione. La somma delle causalità che ho architettato adesso puzza di fasullo: *a uccidere tuo padre è stata tua madre*. Inutile inventare dinamiche diverse, c'è una donna che ha visto mia madre sparare. Punto e a capo. O l'infermiera mente o è andata così.

19

Nello studio dell'avvocato, due giorni dopo

«Stamattina abbiamo potuto finalmente controllare anche noi i tabulati telefonici del cellulare di tuo padre.»

L'avvocato Pozzi cammina su e giù facendo scrocchiare il parquet della sua stanza di lavoro.

«Non esistono chiamate tra tuo padre e quella ragazza della quale ti ha parlato la cantante lirica. Se tra lei e tuo padre ci fosse stata davvero una relazione si sarebbero sentiti spesso. Invece, niente. Negli ultimi sei mesi le uniche conversazioni ricorrenti, in entrata e in uscita, sono con tua madre, con te, con alcuni suoi studenti, con qualche raro amico e con il vostro cugino di Arona.»

«Allora spiegami perché la Valeria Beccati mi ha raccontato questa storia.»

Lui scuote la testa, con malinconico scetticismo. «Faccio questo lavoro da troppi anni. Non mi chiedo più cosa spinge le persone a *raccontare* la vita degli altri. Mitomania, delusioni, vendette, rancori, illusioni. Oggi lo definiscono *storytelling*. Tu che ti occupi di libri dovresti saperlo. Le narrazioni sono sempre pilotate da un punto di vista. Non sono una fotografia, sono uno sguardo.»

«Quelli della polizia hanno pensato alla possibilità che sia un delitto passionale?»

«Certo. Anche loro avranno scandagliato i tabulati telefonici di Giovanni. L'idea dell'*altra donna* è sempre in cima ai loro pensieri quando c'è una moglie che spara a un marito. O più spesso viceversa. Nel primo interrogatorio, il sostituto procuratore ha chiesto a tua madre se tra lei e suo marito ci fossero dei dissapori di carattere sentimentale. Tua madre ha negato. Lo ha fatto in maniera esplicita. *Ci amavamo*, ha detto, e ha chiesto di metterlo a verbale.»

A Milano la nebbia è sparita da giorni, ma nella fenomenologia di questo inspiegabile delitto avvolge ancora tutto, ogni cosa è ricoperta da un velo di incertezza: i racconti di Valeria, le dichiarazioni di mia madre, le ipotesi di Finnekens, i miei sforzi d'immaginazione per trovare una soluzione meno banale dell'ovvio. E quelle tre figure irreali sul marciapiede di corso Vercelli, forse quattro, che diventano, ora dopo ora, un incubo ossessivo.

«Hai scoperto qualcosa di più sull'infermiera?» chiedo io.

«So quasi tutto di lei.»

«Tipo?»

«Si chiama Ambra Molteni. Cinquantadue anni. Nata a Monza ma da dieci anni residente a Milano. Nessun precedente penale. Lavora nel reparto di oncologia dell'ospedale San Carlo. Note di servizio ottime. I suoi colleghi la descrivono come una persona riservata e seria. E così i suoi vicini di casa. Non è sposata. Vive da sola. L'unico a riferire un suo piccolo vizio è il portiere dello stabile. Dice che la Molteni ha la passione per i gratta e vinci e il bingo. Pare che una volta gli abbia chiesto persino un prestito. A parte questo, niente di particolarmente rilevante.» Sorride e aggiunge: «È una brava cristiana, non è la Monaca di Monza».

Ti pare che adesso l'Alfonso Pozzi, principe del Foro di Milano, si mette a fare il Renato Pozzetto? Fa le battute, 'sto coglione. E gli vengono anche male. *Non è la Monaca di Monza*? Roba proprio da liceo Berchet degli anni Settanta. Questo è il punto debole dell'esercito dei professionisti, sparano battute e raccontano barzellette, fanno i cazzari.

Non mostro segni di ilarità e riporto il dialogo sui binari del professionismo: «Spiegami una cosa, Alfonso, quel sostituto procuratore che ha emesso il mandato di carcerazione per mia madre come cazzo ragiona? Lo so che mi ripeto, ma giuro che non capisco. Una donna accusa un'altra donna di omicidio. L'ha vista sparare. Però non viene trovata l'arma del delitto, la prova della paraffina è negativa, non emergono dissidi sentimentali con il marito. Per quale ragione mia madre avrebbe dovuto sparare a Papà?».

Alfonso sospira e finalmente si siede. Si rimette a tamburellare sulla scrivania con le dita, il suo tic ricorrente. Significa che ha smesso di fare il cazzaro.

«L'arresto di tua madre non è una condanna. È un arresto per ragioni cautelari. Se un pubblico ministero ritiene che la persona accusata di un delitto grave, in questo caso un omicidio, possa fuggire, o inquinare le prove, può emettere l'ordine di rinchiuderla.»

«Ti pare che Mamma possa scappare o inquinare le prove?»

«Hai ragione. Ma l'arresto cautelativo, te l'ho già spiegato, vale anche per i presunti colpevoli che possono rappresentare un pericolo sociale. Nel nostro caso, visto che la testimone è credibile, gli inquirenti, non avendo trovato la *ragione* e la *prova* di ciò che ha spinto l'accusata a sparare, probabilmente pensano che lo potrebbe aver fatto scossa da un raptus mentale. E se è così, questo *inspiegabile raptus* potrebbe ripetersi.»

Pazza, pensano che mia madre sia pazza?

«Tra qualche giorno farò effettuare una nostra perizia di parte per stabilire lo stato psichico di tua mamma. Potrebbe essere un passaggio decisivo. *In un senso o nell'altro.*»

Come *in un senso o nell'altro*? Lo fisso con un nodo in gola. «Alfonso, anche tu hai dei dubbi sull'innocenza di Mamma?»

«Non lo so. Ma so che certe volte in questo paese è pericoloso essere innocente.»

20

In centro a Milano, il giorno dopo

La vita continua.

Sembra il titolo di un'improbabile fiction, però è così, puoi avere il cervello e il cuore sbranati dal dolore ma il quotidiano va avanti. E il lavoro. Mi ritrovo alla Mondadori di piazza Duomo alla presentazione del nuovo volume di tale William Bates, professore americano di letteratura, sulla *scrittura creativa*, una di quelle bufale che hanno ucciso la creatività: regole e regolette per costruire una storia. Chissà come hanno fatto Thomas Mann e Tomasi di Lampedusa a scrivere i loro romanzi senza conoscerle.

Lo *yankee* assomiglia vagamente a Gore Vidal: blazer e camicia Brooks Brothers, folta capigliatura argentata, occhiali piccoli e rotondi. Tutti uguali, 'sti cervelloni di Harvard.

Mi sono portato dietro Finnekens. Sbuffa come uno stantuffo. L'idea di farsi spiegare da un fighetto dell'East

Coast in che modo Melville avrebbe dovuto costruire *Moby Dick* gli fa venire l'orticaria.

«Come si scrive un romanzo?» Il *guru* americano inizia il suo *speech* con questa micidiale domanda retorica.

Poi il suo è un monologo senza possibilità di interruzione.

«Il dilettante inizia a scrivere spinto dal sacro fuoco di una prima ispirazione. Scrive, scrive, senza sapere dove andrà a parare. Non sa che percorrendo questa strada andrà a sbattere contro un muro. Narrare non ha niente a che vedere con uno spunto personale, per quanto intrigante. La prima cosa alla quale il futuro romanziere deve ancorarsi è una trama solida. E questa trama deve contenere un elemento essenziale: una domanda che cerca una risposta.»

Cazzo, che stupefacente rivelazione. In sala gli battono anche le mani a 'sto stronzo. Comunque, nella trama del delitto che mi tortura esiste l'elemento essenziale, la domanda che cerca una risposta: chi ha ucciso mio padre?

Un'ora dopo, io e Finnekens vaghiamo storditi in piazza del Duomo, indecisi se puntare verso San Babila o buttarci in direzione Cordusio. Si è alzato il vento, il freddo attacca il respiro, parliamo come in un film dei Cohen, nuvolette di vapore che allargano fumetti sparsi riempiti di parole in libertà.

«Se dovessimo dare retta a quel coglione americano, le trame dei romanzi sarebbero infallibili come gli ingranaggi di un Rolex. I tre atti, presentazione dei personaggi, scontro e lotta tra loro, risoluzione della crisi. *Ma va' a dar via i ciapp'*» lui.

«E quella piramide narrativa? Il sottotesto, le metafore, l'atmosfera, l'evocazione dei sensi, e *vattelapesca*. Gli danno anche un pubblico a quell'idiota» io.

Finnekens passa dalla rabbia a una delle sue risate liberatorie. «Il massimo è stata quella storia delle 5 W. *Who, What, When* e le altre due menate che adesso mi sfuggono» lui.

«*Why, Where*. Ma te lo immagini Truman Capote che prima di iniziare *Colazione da Tiffany* gira in mutande per casa ripetendo a voce alta *Chi, Cosa, Quando, Perché, Dove*?» io.

Ce la ridiamo come due studentelli che parlano di figa. Alla fine abbiamo optato per piazza Cordusio, ma poi alla figa ci arriviamo lo stesso. Racconto al Fenomeno la mia scopata con la cantante lirica. Lui mi chiede dettagli e particolari, il colore dello slip, la misura del seno. D'altronde quando si finisce in storie di pelo anche un romanziere diventa camionista. Puoi avere passato la vita a leggere Malamud e la Compton-Burnett ma le cosce di una bionda attempata che sbattono sui cuscini di un divano *cremisi* diventano un thriller. Per questo siamo tutti Humbert Humbert. Mi ricordo quando a quattordici anni mi masturbavo in bagno con le memorie di Giacomo Casanova sulle ginocchia. Mica capivo che era il *capolavoro* della letteratura italiana, mi faceva tirare l'uccello, Giacomo che scopa con una gobba o una monaca di clausura. Il sesso non viene mai a noia. Haruki Murakami diceva che si vergognava quando scriveva una scena di sesso, ma doveva farlo perché quella era la via maestra per arrivare al mondo *dall'altra parte*. Cosa c'è dall'altra parte? C'è mio padre con la testa bucata da tre spari, anche lui non riusciva a scrollarsi di dosso l'idea che a sessantasei anni continui a desiderare il corpo di una ragazza. Mamma però fa mettere a verbale che si *amavano*, forse per questo la credono pazza. Murakami diceva anche che dalla sua vita privata non gli veniva nessuna idea per la sua narrativa, lui ascoltava solo quello che gli veniva suggerito *dall'altra parte*. Noi, però, siamo di qua, senza modelli. E loro sono di là, posseduti dalla morte, a suggerirci i codici per interpretare la vita.

Improvvisamente Finnekens si fa serio e mi dice a bruciapelo: «Ieri sera mi è capitato in mano un libro di racconti americani. Ti dico chi lo ha scritto così capisci subito che è un signor libro: *Memorie di un cane giallo* di O. Henry. Porca puttana, come scrive l'O. Henry. In America parte tutto, insomma quasi tutto, da quei dialoghi che mi taglierei l'uccello per saperli scimmiottare a dovere. La storia si racconta facile. Un giorno, a New York, due amici vanno a fare due passi a Coney Island. Uno dei due è triste. Sta aspettando da tre mesi Katie, la sua fidanzata, che doveva arrivare in America dall'Irlanda con un bastimento. Ma non è arrivata, è sparita. Di lei non ha più notizie. A Coney Island i due babbei vanno a consultare una chiromante. La donna dice tre cose al tizio che aspetta la fidanzata: di fare attenzione a un uomo nero e a una donna bionda – gli procureranno guai – che subirà un danno finanziario durante un viaggio in mare e che la buona sorte entrerà nella sua vita grazie a un uomo con un naso arcuato. I due escono dalla casa della chiromante. Mentre camminano scoglionati sul molo, un nero, girandosi di scatto, infila il suo sigaro nell'orecchio del tizio che si è fatto leggere le carte. Stravolto dal dolore, il babbeo reagisce e si azzuffa con il nero. Per poco non l'arrestano. Però, cazzo, era successo *esattamente* quello che aveva predetto la cartomante. I due, perplessi, salgono sul traghetto per tornare a New York. Durante il viaggio, al nostro tizio viene voglia di prendere una birra. Ma quando si fruga nelle tasche si accorge che qualcuno gliele ha svuotate. Cazzo, ancora una volta la predizione della cartomante si è avverata, un guaio economico durante un viaggio in mare. E poco dopo, una donna dai capelli biondi gli fa volare in mare il cappello. Spaventati, i due scendono finalmente a Manhattan. Mentre si avviano verso la fermata del bus notano un uomo con il naso arcuato che fissa il nostro tizio. Cazzo, deve essere lui quello descritto dalla chiromante, quello che gli porterà fortuna. Lo avvicinano. Il tizio gli chiede se è lui la persona che sta cercando e che gli porterà fortuna. Ma l'uomo con il naso arcuato non sa di cosa stiano parlando. Incuriosito dalla stravaganza dei due tizi, però, li invita prima in un bar e poi a casa sua. Se vogliono, possono bere qualcosa. Poco prima di farli entrare, il tizio con il naso arcuato dice al babbeo che chiederà alla nuova ragazza che lavora in cucina di fare un bricco di caffè. È arrivata da tre mesi, e si chiama Katie». Finnekens riprende fiato e mi fa: «È un racconto meraviglioso! Si intitola *La palma di Tobin*. Tobin è il tizio che si fa leggere la mano».

«Perché me ne parli?»

«Perché è bello. Io racconto solo cose belle.»

«Pensi che per scoprire chi ha ucciso Papà dovrei rivolgermi a una chiromante?»

Finnekens scoppia a ridere. «È un racconto. Mica è la

soffiata di un informatore. Ma io adoro queste provocazioni letterarie. Stimolano la fantasia.»

Mi pianto sul marciapiede e lo strattono. «Senti, Finnekens, forse dovremmo finirla qui. Io non sono venuto da te per fare una visita guidata tra le pagine della storia della letteratura. Io ti ho chiesto di aiutarmi a scoprire chi ha ucciso mio padre *usando* la letteratura.»

«E cosa sto facendo? Ti sto sbattendo sul tavolo degli indizi. Pensi che i fatti raccontati da O. Henry siano solo chiacchiere da caffè letterario? No, amico mio, non sono chiacchiere, sono *pensieri*. Chi scrive pensa. A cosa? A rendere meno buia la vita. E noi stiamo provando a decifrare una faccenda buia.»

Si scioglie dalla stretta e accelera il passo. Capisco che gli girano le balle, ha il suo caratterino, il Fenomeno, e poi ogni tanto mi dimentico che è malato, eppure sta qui a perdere tempo con me. Mi dispiace averlo fatto incazzare, gli vado dietro e gli tiro una manica del cappotto.

«Scusa, *mi dispiace*.»

L'amicizia non è l'amore, è permesso dire *Mi dispiace*.

Finnekens allarga un sorriso. Ha un carattere primaverile, nubi e squarci di sole. Mi prende sottobraccio e ci infiliamo in un bar. Al bancone, lui ordina un single malt, io lo imito. Sorseggiamo in silenzio, poi lui riprende a dissertare: «Ti sei mai interrogato sul vero, unico, profondo mistero della scrittura? Tu che fai il critico dovresti. La domanda non è *come si scrive un romanzo*, la domanda è *perché questo romanzo è stato scritto così*. Voi che leggete, giudicate, recensite vi concentrate sempre sul *tema*, sui suoi difetti o le sue qualità letterarie. Ma non vi chiedete mai *perché l'autore ha scritto quel romanzo e non un altro*. Non ve lo chiedete perché non conoscete la scintilla che fa scattare una storia nella testa di un romanziere. Sto parlando dei veri romanzieri. Chi scrive ha in mano un pennello e una tavolozza, e davanti a sé una tela bianca. Può fare tutto. Un paesaggio, un collage, un ritratto figurativo, un astratto, può addirittura fare la copia di qualcosa di già fatto. Perché Flaubert ha scritto *Madame Bovary* invece dei *Miserabili*? E perché Fitzgerald ha scritto *Il grande Gatsby* invece di *Furore*? Non è questione di tema, di argomento o di stile. Il grande scrittore è comandato da una forza superiore. È come se nascendo si portasse già dentro delle storie che poi è costretto a raccontare. Immaginare non è un dono, né un talento, è quasi una maledizione. Il vero scrittore non può scrivere altro che quello che scrive. Per questo la grande letteratura è un oracolo. Non è prevedibile, non si spiega, esiste per darci degli strumenti in più sull'ignoto. Una storia non nasce da un ragionamento interpretabile, nasce perché quella storia la conosce solo chi la racconta. È per questo che tu ti sei rivolto a me. Siccome non trovi ragioni nella *trama* della storia capitata a tuo padre, ne cerchi una tra le tante trame possibili raccontate dai libri. Ma noi non dobbiamo limitarci solo a una trama, dobbiamo capire perché chi ha scritto quella trama ha scelto *quella* e non un'altra. La nostra non è un'indagine sui libri, è un'indagine sugli scrittori».

Sono scombussolato dai suoi ragionamenti, mi sento piccolo, indifeso. Lui nega il talento ma possiede il talento di salire sempre un gradino più in alto.

«Allora dimmi perché mi hai parlato del racconto di O. Henry.»

Finnekens tracanna il fondo del bicchiere. «Adesso sono stanco. Devo tornare a casa a prendere una mezza dozzina di pillole. Sono una testa di cazzo. Mi curo il fegato e lo spappolo in giro per i bar. Quanto al vecchio O. Henry, ti dico una cosa. Secondo me ha scritto quel racconto per dirci che il destino va a braccetto con la casualità del quotidiano. Se i due babbei non fossero andati dalla chiromante non avrebbero ritrovato Katie. Cosa significa? Che il destino non sta in quello che ha predetto la donna ma nel fatto che i due babbei si siano rivolti a lei. Il destino di Tobin era lei. La storia successiva non conta, conta lei. L'unica che *conosceva* quella storia.»

«Mi stai dicendo che da qualche parte c'è qualcuno che già sapeva come si sarebbe mosso il destino di mio padre? E che lo devo trovare?»

«Sì, quel *qualcuno* è l'autore di tutta la vicenda. È lui lo scrittore del delitto. Perché quella storia ce l'aveva dentro. Poteva immaginarla solo lui.»

21

A casa, quella sera

Quando rientro è notte. Trovo Veronica seduta sul divano con addosso il piumino e accanto la valigia. Mi fissa con occhi acquosi.

«Oggi è venuta a cercarti quella Valeria Beccati, la cantante di tuo padre» lei.

Valeria è venuta a cercarmi?

«Che voleva?» io.

«Voleva te» lei.

Lo dice con infinita tristezza. La situazione è *maledettamente* surreale. Valeria Beccati voleva me? È riuscita a sapere dove abito ed è venuta a suonare al campanello? E adesso la mia fidanzata trattiene le lacrime con addosso il piumino e accanto la valigia?

«Tutto qui?» chiedo io, cercando di cancellare l'accaduto.

«No, tu sai benissimo perché Valeria Beccati voleva te.»

«Cosa?»

«Mi ha raccontato che sei stato a casa sua. Che è stata lei a dirti della relazione tra tuo padre e quella ragazza.»

«Sì è così» ammetto.

«Perché non me l'hai detto?»

«Pensavo che la notizia importante fosse che avevo scoperto la relazione di mio padre. Non come l'avevo scoperto.»

Veronica mi lancia uno sguardo feroce. «La notizia importante invece è un'altra. La Beccati mi ha raccontato che dopo avete fatto l'amore.»

Spiazzato, sono *maledettamente* spiazzato.

Lei che è abituata a vivisezionare i film cerca qualcosa nel mio sguardo, non nella mia anima, cerca di capire come reagisce il viso del mio *personaggio*. I bravi attori sanno come muovere gli occhi, le labbra, le rughe della fronte. Il primo piano di Massimo Troisi stralunato nel *Postino*, le lacrime fredde di Meryl Streep sul bordo del fiume nel *Cacciatore*. Al cinema tutto diventa più comprensibile. I grandi attori non fanno quasi nulla ma ti trasmettono in maniera infallibile il loro stato d'animo; io invece non so recitare, le mie contraddizioni vengono fuori amplificate come sul viso di un guitto di filodrammatica.

Veronica tocca con mano la mia impotenza a trovare uno straccio di giustificazione. «Noi due stiamo insieme. E tu vai a scopare una vecchia?»

Mi sono sempre chiesto come fanno certi sceneggiatori a buttare nel dialogo la battuta *giusta*, quella che inchioda lo spettatore con sorpresa e ammirazione. Cazzo, come si fa a inventare la risposta di Robert De Niro all'amico che gli chiede: *Che hai fatto in tutti questi anni, Noodles?; Sono andato a letto presto*, tira fuori De Niro.

Anche qui c'è di mezzo la letteratura e ci casca dentro sempre Proust con il suo incipit della *Recherche*, quella melodia linguistica: *Longtemps, je me suis couché de bonne heure*. Letteratura e cinema a braccetto, come io e Veronica, ma adesso per spiegarle come mai ho *scopato una vecchia* avrei bisogno di una battuta alla De Niro, e non ce l'ho, proprio non mi esce fuori.

Esce lei di scena dal mio appartamento, forse dalla mia vita. Si alza, prende la valigia in mano, si avvia verso la porta, non si gira, non dice nulla, se ne va.

Resto lì, intorpidito dal senso di colpa: non ho più Veronica, non ho più mio padre, ho mia madre in prigione.

Qualche minuto dopo chiamo Finnekens, gli dico che Veronica mi ha lasciato, gli racconto perché. Da lui non mi aspetto solidarietà maschile, è solo uno sfogo, ma lui riporta tutto al contesto: «Non entro nel merito del terremoto dei tuoi sentimenti. L'unico commento possibile da parte mia riguarda la cantante lirica. La domanda è: come cazzo le è venuto in mente di venire a raccontare alla tua fidanzata che vi siete fatti una scopata? Non lo so. Non la conosco. Ma tu adesso *dovresti* conoscerla meglio. Potrebbe essere soltanto una mitomane, una maniaca sentimentale, una squilibrata. Ma forse, invece, è lei la chiromante del racconto di O. Henry. È lei quella che conosce la *storia* capitata a tuo padre».

«Lo ha ucciso lei Papà?»

Finnekens mi lascia in bilico: «Ho preso un sonnifero. Buonanotte, amico mio».

22

In redazione, il giorno dopo

Noi al giornale come in un acquario, pesci rossi che si spostano a colpi di pinne in un liquido fermo, gesti lenti, inutili e ripetitivi. Siamo tutti stancamente in moto per costruire una pagina, inseguire il presente, che tra dieci minuti sarà già vecchio; come ha detto un filosofo, ci preoccupiamo solo del presente perché dobbiamo prenderne atto. Ma questo *presente*, che verrà pubblicato nella prossima edizione, domani sarà già *passato*.

Poi davanti alla mia scrivania si piazza il Tamberi, il Ludovico Tamberi. Occhi cerulei, capelli radi, sul viso rughe di espressione, corpo appesantito dal poco movimento, di un'eleganza che ti riporta alla Milano degli anni Cinquanta. È un mio collega andato in pensione cinque anni fa.

«Ciao Restelli, in questi ultimi giorni ti ho pensato tanto.»

«Ciao Tamberi. Anch'io penso spesso a te.»

Mi piace, Tamberi, non mi mette ansia, non mi crea insofferenza per la professione.

«È stata una bella amicizia tra me e tuo padre. Lui era uno che conosceva la musica sul serio.»

Tamberi lavorava agli Spettacoli, lui e la Livia Guizzi e il Walter De Robertis; Livia al cinema, De Robertis al teatro e Tamberi alla musica. Era una penna colta e raffinata, da giovane lo aveva cercato il *Corriere*, ma lui è un orso, un Oblomov, e decise di farsi murare vivo qui dentro.

«Mi dispiace. Mi dispiace moltissimo per tuo papà.»

È sincero, io non entro nel merito. Lo stuzzico: «Se fossi in pensione come te non ci metterei più piede in questo luogo di desolazione».

«Sono venuto a farmi firmare un modulo dal Galbiati. Mi hanno dato un adeguamento e all'Inps combatto una guerra di carte.» Mi fissa con i suoi occhioni chiari. «L'ultima volta che ho visto tuo padre era al Regio di Parma. Facevano *Pelléas et Mélisande* di Debussy. Tuo padre andava pazzo per Debussy.»

Mi scatta qualcosa in testa. Tamberi conosce vita, morte e miracoli dei direttori di orchestra, dei cantanti, il mondo della lirica è stato il suo eterno quotidiano. Gli chiedo a bruciapelo: «Conosci Valeria Beccati? Sta nel coro della Scala».

Tamberi allarga un sorriso placido, certo che la conosce. «Se ne raccontano tante su di lei. Da ragazza era uno schianto. Oggi avrà...»

«Circa cinquant'anni. Portati alla grande.»

«Le faceva il filo Abbado.»

«Parlami di lei.»

Tamberi solleva gli occhi al cielo, sembra fare un salto indietro nel tempo. «È sempre stata ossessionata dalla *voglia di palcoscenico.* Io l'ho conosciuta tredici anni fa, qui a Milano, alla prima generale del *Lago dei cigni* di Bourmeister. Lei mi aspettava nel foyer. Mi disse: "Dottore, scrive benissimo, la leggo sempre, mi piacerebbe avere dei consigli sulla mia professione". Quella sera cenammo insieme da Bice. E per alcuni mesi ci rivedemmo spesso. Voleva che le raccontassi la carriera delle grandi soprano. Callas, Tebaldi, Mirella Freni. Io parlavo e lei taceva, rimaneva concentrata, attenta a ogni minimo dettaglio, voleva spremere da me ogni notizia possibile sui suoi miti canori. Poi non ci siamo più visti.»

«Come mai?»

«Una sera mi invitò a cena a casa sua.»

«In via Giorgio Jan?»

«Esatto. Noi due da soli. Mangiando mi chiese di parlarle di Leontyne Price. Finita la cena ci spostammo in salotto e lei mi disse, con un tono strano, quasi infantile: "Forse non te ne sei accorto ma tu per me sei diventato una persona speciale". Mi misi a ridere. Cosa poteva trovare di speciale una bella ragazza di trentasette anni in un uomo maturo come me? Ma lei insistette: "Penso di essermi innamorata di te". Fu una situazione molto spiacevole. Imbarazzante e surreale. Le dissi che avevo una moglie, dei figli, due nipotini. Tu sai che io sono pigro. Ma non ti credere che non mi sarebbe piaciuto vivere un'avventura inaspettata con una bella ragazza come lei. Non ho mai capito se era una maniaca sentimentale o una squilibrata. Misi dei paletti insormontabili. Mi fece paura. In lei c'era qualcosa di misterioso e di inafferrabile. Decisi di non vederla più.»

«Lei provò a richiamarti?»

«No, sparì dalla mia vita.» Poi mi chiede, incuriosito: «Ma tu perché ti interessi a lei?».

«Valeria Beccati era un'amica di mio padre.»

Tamberi scuote la testa. «Oh mio Dio, speriamo che non abbia fatto la stessa sceneggiata anche con Giovanni.»

Decido di fingere vaghezza. «Non credo, erano amici e basta. Lui le dava lezioni di canto. Adesso che non c'è più pensavo di regalarle una sua foto, come ricordo.»

Poi parliamo del più e del meno, della vita agra in redazione, di come il giornalismo sia diventato un lavoro da *paria*, promettiamo di rivederci. Allontanandosi lui si gira e mi fa: «Farebbe piacere anche a me avere una foto di tuo padre».

Con un sorriso smorzato gli faccio di sì con la testa, ma il pensiero è altrove. Io la odio, Valeria Beccati: chi è davvero questa psicopatica che s'innamora dei vecchi e scopa con me e lo racconta alla mia fidanzata? Mi convinco sempre di più che potrebbe essere stata lei a sparare a Papà. Probabilmente mi ha mentito quando mi ha raccontato della *ragazza* di mio padre, ha voluto sviare eventuali sospetti. Su chi? Forse su di lei. Chissà, forse sul marciapiede di corso Vercelli con una pistola in mano c'era proprio lei.

23

Al teatro alla Scala, quel pomeriggio

La sto aspettando nel foyer.

Era qui che lei aveva atteso Tamberi per infilarsi nella sua vita. Stanno finendo le prove del coro della *Turandot* e mi ha fatto entrare il Luigi, l'usciere che conosceva mio padre – «Che pena, dottor Restelli, che pena leggere quelle brutte cose sul giornale, *lù l'era un signur, un gran signur, il sciur Giovanni*». *Lù* ha lasciato dietro di sé una scia di ricordi emotivi e affettuosi.

Sono solo nell'atrio del grande teatro milanese, ma la mia non è la trama della *Tosca*, non sono Cavaradossi che aspetta la morte sui bastioni di Castel Sant'Angelo. Io aspetto Valeria Beccati, e ancora non so come affrontarla: vorrei insultarla, strattonarla, buttarla al tappeto con un diretto al mento, la violenza è sempre la scorciatoia della confusione mentale. A un tratto lei appare in fondo al corridoio, mi vede, ha un attimo di smarrimento ma lo supera con istinto femminile. Viene verso di me colorando l'imbarazzo con un sorriso da soprano, un capolavoro di finzione.

«Ciao Luca.»

«Perché lo hai fatto?»

«Cosa, tesoro?»

Trattengo a fatica il diretto al mento. «Perché sei venuta a casa mia e hai raccontato di noi alla mia fidanzata?»

«La tua fidanzata? Oddio, non avevo capito che era la tua fidanzata!»

Lo dice come se fosse la protagonista di una commedia di Noël Coward, o di Marcel Achard, con il tono *boulevardier* dei dialoghi delle baruffe dell'alta società, il tradimento declinato per divertire il pubblico. Ma qui c'è poco da sorridere, lei non è Maggie Smith, è una psicopatica di via Giorgio Jan, una che dichiara di essersi innamorata di mio padre e del Tamberi. No, sul nostro dialogo non calerà il sipario, l'atto non finisce qui.

La prendo sottobraccio, con discreta irruenza, e la trascino fuori. Se pensa di cavarsela così ha sbagliato commedia.

Io e Valeria ci rintaniamo al Sant'Ambroeus. Atmosfera alla Stefan Zweig, pasticcini e tranci di torta ai mirtilli, circondati da zie ricoperte da pellicce sintetiche. Aleggia l'eco del fantasma della Wanda Osiris, sprazzi di *bon ton* dei periodici femminili, pettegolezzi ovattati. Io fisso Valeria con paziente disprezzo, incredulo e spaventato dal suo sorriso incosciente.

«Perché hai voluto farmi del male?»

«Tesoro te lo giuro. Ero venuta a farti un saluto. Mi ha aperto quella ragazza. Abbiamo parlato del più e del meno. Le ho detto che ero stata una studentessa di tuo padre. Poi, forse ho sbagliato, ho accennato a qualcosa su noi due. Tutto qui.»

«Sai cosa significa *tutto qui*? Che io e Veronica ci siamo lasciati. Io sono innamorato di lei. Che cazzo ti sei messa in testa?»

Valeria finalmente accusa il colpo. Con lei non sai mai se quel velo di malinconia che di tanto in tanto le ricopre il viso sia recitazione pura o squilibrio mentale. Abbassa gli occhi, deglutisce, un tremore quasi impercettibile agita le sue mani. Poi rialza lo sguardo con la fierezza espressionista di una diva del muto. Ma parla: «Non mi merito questo. Non merito che il figlio di una persona che ho amato mi consideri una stupida superficiale. Io credo ai sentimenti. Ci credo in maniera profonda. Provavo qualcosa per tuo padre. E provo qualcosa per te. Credi che sia il tipo di donna che invita un giovanotto a casa per finirci a letto? Se è successo qualcosa tra noi è perché io provavo qualcosa per te. Tu forse no. Io sì».

Oddio, la butta sulla *sincerità* dei sentimenti. Sembra il dialogo di un reality dozzinale dove pupe truccate discutono con palestrati sulle sfumature dei loro battiti del cuore. Dai, quello che è successo tra me e lei su quel divano è il sottotesto di tutta la letteratura moderna, del cinema, del teatro, dei verbali a sostegno delle cause di separazione. Nel mondo si scopa, bella mia, cosa cazzo tiri in ballo i sentimenti, i sentimenti fanno da paravento o cornice all'*amore*, spesso in maniera illusoria, ma una scopata è una scopata, si definisce in quei brevi momenti di attrazione, o perversione, o superficialità, o casualità.

Decido di voltare pagina e di inchiodarla su fatti concreti: «Ok, la nostra travolgente *love story* è stata cullata dalla forza dei sentimenti. Però rispondimi a un'altra domanda. Perché ti sei inventata *quella ragazza* della quale mio padre si sarebbe innamorato? Dico che te la sei inventata perché questa *ragazza* non emerge dai tabulati delle sue telefonate. Non esiste. Se mio padre aveva perso la testa per lei, possibile che non l'abbia mai chiamata?».

Valeria ribalta la mia domanda: «Perché avrei dovuto inventare una bugia del genere?».

«Appunto, è esattamente quello che vorrei capire.»

«Io ti ho raccontato niente di più e niente di meno di quello che mi diceva lui.»

«Allora il bugiardo è mio padre.»

«Lo escludi?»

«Ti giro la stessa risposta che mi hai dato prima. Perché mio padre avrebbe dovuto mentirti?»

Valeria mi punta addosso degli occhi infiammati da un misto di dolore e rabbia. «La verità è che tu non accetti l'idea che una donna giovane possa innamorarsi di un uomo anziano. Soprattutto se si tratta di tuo padre. Invece è successo. Io l'amavo, Giovanni. Lo amavo perdutamente. Per lui avevo messo da parte l'orgoglio. Gli chiesi di lasciare tua madre. Lo supplicai. Siccome era un codardo, come quasi tutti voi uomini, per togliersi dal problema *sentimentale* può avermi mentito raccontandomi di questa ragazza. Io gli ho creduto. Ma se lei non esiste e tuo padre ha mentito, vuol dire che ho sbagliato a valutarlo. Pensavo fosse un uomo sincero, invece era anche lui uno dei tanti. Un ometto da quattro soldi.»

Se ci fosse Finnekens citerebbe a memoria decine di personaggi femminili che recitano questo canovaccio: mostrarsi ingenue per spargere veleno. In testa a tutte, Lady Macbeth – *prendi il sembiante d'un casto fiore, ma sii la serpe che vi si nasconde sotto* – e insieme a lei la perfida Marchesa de Merteuil uscita dalla penna di Laclos nelle *Liaisons dangereuses*. Ma la Beccati non ha niente di elisabettiano o settecentesco, è una protagonista dell'*oggi*, la sua perfidia o la sua insania non sono accompagnate da intrighi di corte e versi aulici, è una corista, una fallita all'inseguimento di sogni impossibili, è un personaggio del *vero* senza implicazioni letterarie. La Beccati è *cronaca*, non ha modelli narrativi. È una nevrotica sola, asfissiata dalla decomposizione di questa Milano che punta ai grattacieli cancellando le case di ringhiera; la Beccati è nostalgica di un passato che le graffia l'anima. Per questo si aggrappa ai *vecchi*, preferisce il rigore dell'antico alle semplificazioni del moderno.

Ma forse è solo una pazza assassina.

24

A Brera, il giorno dopo

Mi sveglia l'avvocato Pozzi. Ho ancora la voce e la mente impastate da un sonnifero preso in piena notte per dissolvere l'affastellarsi degli incubi.

Pozzi è squillante come la tromba di Miles Davis: «Grandi novità. La perizia psichiatrica ha certificato che tua madre è totalmente sana di mente. Il giudice del riesame ci ha concesso gli arresti domiciliari».

È come un sole accecante che squarcia finalmente la nebbia, e quel residuo ipnotico di bianco che mi gironzola nelle vene svanisce d'incanto.

«Quando la fanno uscire?»

«Entro oggi.»

«Allora la potrò vedere?»

«No, Luca, tu no. Ai domiciliari ha accesso solo una persona scelta dal detenuto. E tua madre ha fatto il nome di sua sorella. Vuole scontare il fermo giudiziario in casa di tua zia.»

Mamma ha scelto zia Olga e non me? La notizia è come uno schiaffo all'orgoglio. Mi considera ancora un ragazzino inaffidabile? Ho trentasei anni, vivo da solo da dieci, lavoro, ho una vita sentimentale – insomma, fino a poche ore fa ce l'avevo – mi nutro di idee, ragionamenti, letture, riflessioni – cazzo, io rifletto dalla mattina alla sera. Mamma invece preferisce farsi accudire da zia Olga? Un'altra *vecchia* in una storia di *vecchi*.

«È una grande vittoria. Per una volta la giustizia ha fatto la sua parte» lui.

«Hai già avvertito zia Olga?» io.

«Sì, viene in studio da me alle undici.»

«Allora passo lì da voi.»

Riscaldati dal sorriso tronfio dell'avvocato Pozzi, io e zia Olga ci abbracciamo.

Lei è commossa, è una donna fragile scombussolata dagli eventi, mi stringe forte svelando il suo corpo debole, sfaldato dall'età. Sento le sue braccia ridotte a un niente di muscoli e ossa di vetro, mi tiene stretto a sé come se fossi il figlio che non ha mai avuto.

«Almeno in casa mia avrà qualcuno per accudirla» cerca quasi di giustificarsi.

Pozzi ci richiama all'ordine, legge da un libro sui regolamenti: «Il soggetto sottoposto agli arresti domiciliari è privato della libertà personale allo stesso modo di un detenuto. Per salvaguardare l'inalienabile diritto alla difesa, l'imputato può sempre comunicare con il suo avvocato, ma il giudice può limitare i contatti con il mondo esterno del soggetto sottoposto alla misura coercitiva. In concreto, il giudice può vietare all'imputato di ricevere persone e di comunicare con altri soggetti, salvo con coloro che coabitano o gli prestano assistenza, e solo per motivi strettamente legati alla sussistenza dello stesso imputato. A essere precluso non è solo il contatto *vis à vis*, ma anche l'interloquire di persona con altri soggetti, tramite telefono o strumenti informatici. Anche i social network non possono essere utilizzati come mezzi di comunicazione».

«Non ho capito. Posso chiederle cosa vuole per cena ma non come sta?» zia Olga.

«Sì. Ma tra il dire e il fare...» Pozzi.

«Ci *devi* parlare. Ho tante cose da chiederle. Cose che riguardano questa faccenda assurda» io.

Pozzi mi fulmina: «Luca, non sei un investigatore privato. Se hai qualcosa da chiedere a tua madre gliela dirò io, che sono autorizzato».

Punto e a capo.

Io invece sto vivendo questa vicenda come in un film americano: mi agito, indago, faccio cervellotiche trasferte sui laghi, ho scelto come esperto in delitti un romanziere, incontro persone coinvolte in qualche modo nei fatti, ci vado addirittura a letto, agisco in maniera *privata* come farebbe un Tom Cruise o un Nicholas Cage pensando di portare l'esito delle mie investigazioni a un giudice di L.A. che potrebbe chiudere il caso con un colpo di martelletto. Ma ha ragione Pozzi, non sono un investigatore privato, siamo a Milano, Italia, qui indaga la questura, la procura, ci sono procedure e pastoie legate alla burocrazia e al codice di procedura penale. Io sono come il Josef K. di Kafka, un insetto che si dibatte inutilmente nella tela del ragno e che è costretto ad accettare passivamente l'ineluttabilità di una giustizia che funziona con logiche autoreferenziali e insondabili, contro la quale a nulla servono la razionalità e la lucidità. Una cosa è certa: devo smetterla di fare il Philip Marlowe.

Mi squilla il cellulare, è Aldino, il mio vecchio amico Aldino. «Luca, dobbiamo vederci. Ho scoperto una roba strana che ti riguarda...»

«Tra mezz'ora al Ted One?»

Via Solferino, Aldino e io seduti a un tavolino di legno del locale. È il suo rifugio preferito, dice che gli piace un botto perché fanno il marocchino con il latte di soia. Aldino va religiosamente dietro a queste mezze bufale del nutrizionismo.

Subito mi racconta il fatto con la flemma da disegnatore di fumetti, per loro tutto è ridotto a schizzi e manciate di parole: «Da quando è morto tuo padre sono andato tre volte a portargli dei fiori sulla tomba. Lo faccio perché penso che a chi sta chiuso lì dentro, nel buio eterno, faccia piacere percepire qualcosa di *colorato*».

Chi passa la vita a disegnare fa ragionamenti del genere, come quando da ragazzini i colori delle matite erano al centro della nostra sensibilità percettiva.

«La prima volta che sono andato al cimitero, accanto alla tomba c'era una ragazza che pregava in silenzio. Una biondina sui venticinque anni. Niente di speciale. Però davvero carina. Non mi sono avvicinato. Sono rimasto a guardarla per circa cinque minuti. Poi lei si è allontanata senza accorgersi di me.»

«L'avevi mai vista prima? È una che potrei conoscere, secondo te?»

«Non lo so. Io non l'avevo mai vista. Però qualche giorno dopo, quando sono tornato, lei era ancora lì. Era di nuovo in piedi di fronte alla tomba a pregare a mani giunte. Stavolta mi sono avvicinato. Lei mi ha visto. Ci siamo salutati con un cenno. Ma quasi subito lei se ne è andata.»

Sembra un racconto alla Camilleri, Montalbano che incrocia la ragazza misteriosa sulla tomba di un morto ammazzato – sguardi, occhi che si abbassano, il pudore di lei che scivola via lasciandosi dietro una scia di mistero.

«Stamattina è successo per la terza volta. Io arrivo al cimitero e lei se ne sta lì a pregare. Mentre sistemavo i fiori le ho chiesto: "Lei conosceva Giovanni?". E lei mi ha risposto: "Non esattamente, ma lui mi ha voluto molto bene". Non ha aggiunto altro. Come le altre volte si è avviata verso l'uscita. Io senza farmi notare l'ho seguita. È salita su un motorino. Sono saltato sul mio e le sono andato dietro. Si è fermata in via Mario Pagano. È entrata in un palazzo. Probabilmente abita lì.»

«Via Mario Pagano non è distante da corso Vercelli.»

Qualche ora fa mi ero ripromesso di piantarla lì con le indagini private alla Chandler, ma adesso irrompe nella mia testa la *biondina* di via Mario Pagano che vive a cinque, massimo otto minuti a piedi dal luogo in cui hanno sparato a Papà. È una coincidenza, ma è una *strana* coincidenza. Cosa cavolo spinge questa biondina ad andare a pregare sulla tomba di mio padre? Che significa *lui mi ha voluto molto bene*? E se fosse la ragazza della quale mi ha parlato la Valeria Beccati? Che faccio adesso? Vado dall'avvocato Pozzi a raccontargli tutto? Gli chiedo di domandare a Mamma se conosceva una *biondina* che abita in via Mario Pagano?

O racconto tutta la storia a Finnekens?

25

A casa di Finnekens, quella sera

Mi cucina del manzo bollito con salsa verde e stappa una bottiglia di Barbaresco.

Nella sua cucina ingombra di cibo, verdure, piatti da lavare, libri, Finnekens saltella e volteggia con il suo corpo da omone come un ballerino di tango, un passo avanti e due indietro, giravolte, si piega sui fornelli, assaggia, aggiunge spezie, è uno spettacolo pirotecnico. Io intanto lo metto a conoscenza degli ultimi avvenimenti: le rivelazioni di Tamberi, il faccia a faccia al Sant'Ambroeus con la Beccati, la notizia degli arresti domiciliari concessi a mia madre e le ultime novità sulla biondina intercettata da Aldino.

Ci sediamo al tavolo da pranzo e masticando manzo mi fa: «Rispondi a questa domanda. Perché troviamo più interessante il male del bene?».

«Perché il bene è noioso, è a senso unico, il male invece è più sorprendente» dico sorridendo.

«Hai ragione. Per questo io e tanti altri come me scriviamo storie *gialle* o *thriller.* Perché sono storie nelle quali qualcuno fa il *male* e altri cercano di scoprire chi è e perché lo fa.» Poi mi fissa, sornione. «Ma esiste anche un'altra ragione più sottile che ci spinge a trovare più interessante il *male.* Tu che leggi tanto dovresti averlo capito nei romanzi di Jonathan Franzen e di Foster Wallace, per esempio. Leggendo come e dove si annida il male riusciamo ad accettare la nostra imperfezione. Ti starai chiedendo: perché questo cuoco dilettante mi dice 'ste cose strampalate? Le dico perché tu cerchi la verità omettendo un particolare essenziale. Tu parti dal presupposto che tuo padre sia una figura limpida. Lo fai per rispetto, per vincoli di sangue, per ragioni addirittura psicanalitiche. Tuo padre è un modello intoccabile. Invece non lo è. Nessuno di noi lo è. Anche lui, come i personaggi di Franzen, è un essere imperfetto. Lo hai scoperto in queste ore. Si muoveva in un territorio melmoso, frequentando donne psicotiche come la Beccati. Chissà, forse, come dice lei, davvero si era innamorato di una misteriosa ragazza. Sarà la biondina che va a pregare sulla sua tomba? Il suo profilo di uomo anziano, meticoloso, colto, al limite del noioso, tutto quello che tu hai sempre immaginato lui fosse, è un profilo crepato da debolezze e piccoli misteri irrisolti.»

«Più parlo con te e più mi sento confuso.»

«Ti svelo un segreto. Quando inizio a scrivere una storia gialla non so mai come andrà a finire. Giuro, scrivo senza sapere ancora chi ha commesso il delitto. Però questa apparente confusione alla fine paga. Perché più scrivo, più sono costretto a restringere le possibilità di trama. Fino a intravedere l'unica possibile soluzione al mistero. Ne esiste solo una. Ma il bello è che questa soluzione si fa largo da sola, non la prevedo prima.»

«Pensi davvero che Poe non sapesse *prima* che l'assassino della Rue Morgue era uno scimmione?» chiedo divertito.

«Spero di no. Stessa cosa per *Il mistero della camera gialla*. Leroux affronta il suo romanzo come un matematico affronta un'equazione sulla lavagna. Va a tentoni, prova soluzioni, cancella, ritenta, e alla fine risolve l'incastro logico con una formula.»

«Il nostro mistero tutto sommato è semplice: se la testimone oculare dice la verità, come mai mia madre ha sparato a mio padre? E se non dice la verità, chi gli ha sparato?»

«È un'equazione eccitante. Io ci rifletto da giorni. Dove si annida il mistero? Nella testimone? Nei racconti sconclusionati della corista che ti sei scopato? Nella personalità di questa *new entry* biondina? E ancora, tua madre ci nasconde qualcosa? Ma soprattutto, chi era tuo padre? Tra tutte queste domande la più affascinante è proprio l'ultima. E sai perché? Perché lui adesso non può più parlare. Gli altri coinvolti possono mentire, mentre di lui possiamo *immaginare* cosa si nascondeva nella struttura genetica del suo personaggio. Prendi il famoso racconto di Dostoevskij, *La mite*. Anche lì si narra un fatto di sangue. La moglie del protagonista si è buttata dalla finestra, uccidendosi. Nello straordinario monologo interiore del marito che analizza le ragioni di questo suicidio, di una bellezza che nemmeno *Memorie dal sottosuolo*, pagina dopo pagina emerge che la povera donna suicida era vittima della violenza psicologica del marito. Ma lui, un piccolo-borghese preciso e meticoloso, analizza i fatti senza rendersi conto di essere il responsabile del gesto tragico della moglie.»

«Stai ipotizzando che mia madre era succube di mio padre e invece di buttarsi dalla finestra lo ha ucciso?»

«O il contrario. Tuo padre era vittima di una sudditanza psicologica e si era inventato un mondo parallelo. Tua madre lo ha scoperto e lo ha punito.»

Rifletto, rifletto a lungo, le sue soluzioni mi straziano il cuore, le rifiuto: «Non so come mai, ma da quando la situazione con Valeria si è ingarbugliata penso che a sparare a mio padre sia stata lei».

«Capisco che sarebbe una via d'uscita narrativa più consolatoria per i tuoi sentimenti di figlio.» Ma subito aggiunge: «Non dimenticarti però che questa equazione non si risolve con il ricatto dei sentimenti. Tu non vuoi ammettere che sia stata tua madre a sparare. Ma devi essere freddo come è fredda la logica di Leroux». E aggiunge ancora: «Comunque, non sottovalutiamo la testimone, l'infermiera, un mondo ancora tutto da sondare, e questa biondina che dai suoi comportamenti pietosi sembra nascondere altri mondi da decifrare». Non si ferma più, è scosso da un raptus di logorrea intellettuale: «Da ragazzo, quando puntavo a diventare un *grande scrittore* e non un *menestrello* di cronache milanesi, presi una cotta per lo strutturalismo. Un libro enigmatico di Roland Barthes, *La camera chiara*, mi fece compagnia durante certe notti insonni. Di quel libro non ricordo quasi più nulla, solo una cosa: l'analisi che faceva Barthes di una foto. Della sua interiorità misteriosa e impenetrabile. Barthes sosteneva che se guardi la foto di un uomo con in bocca una pipa, quella pipa non ci parla del *senso* di una pipa, ci riporta solo a ciò che è in quel momento. Se invece quell'immagine facesse parte di una sequenza in movimento di un film, quella pipa assumerebbe una sua vita nel tempo e potrebbe suggerirci tante ragioni che connotano il suo essere pipa. Invece una foto è quella per sempre. Prendi l'immagine di tua madre che spara a tuo padre, così come dice di averla vista la testimone infermiera, anzi, come l'ha scattata con i suoi occhi: è immutabile, non riusciamo a contraddirla. Ci riusciamo se trasformiamo quell'immagine, da fissa che è, nel movimento di una sequenza. Non ti distrarre proprio adesso. Noi abbiamo un solo modo per tramutare quella foto in una sequenza in movimento. Dobbiamo immaginare il prima e il dopo. Finora ci siamo concentrati sul *prima*. Forse invece sarebbe opportuno capire cosa è successo subito *dopo*. Abbiamo sulla carta quattro possibili donne implicate: tua madre, la testimone, la corista e la nuova biondina. Se tuo padre era un essere imperfetto, ma comunque legato in qualche modo a loro, anche quelle donne sono personaggi imperfetti. E questa imperfezione emotiva nei confronti di tuo padre le avrà sicuramente portate a compiere qualche gesto o azione rivelatrice, utili ad accendere un faro nella nebbia delle nostre indagini».

È mezzanotte, sono pieno di manzo, Barbaresco, ma soprattutto di lui, il Fenomeno: mi ha messo al tappeto con le sue parole, con i suoi ricami mentali.

«Ci sentiamo domani. Buonanotte» gli dico.

26

In via Mario Pagano, il giorno dopo

Ho dormito poco, pochissimo, nemmeno il sonnifero placa più il mio smarrimento esistenziale. È quel *giro di vite* che Henry James descrisse in maniera esemplare, metafora di un'ossessione che penetra lentamente e inesorabilmente, il tentativo inutile di svelare un mistero che ci conduce alla perdita dell'innocenza e alla presa di coscienza che intorno a noi esistono fatti inspiegabili.

Sono fermo davanti al palazzo di via Mario Pagano dove l'Aldino ha visto entrare la biondina del cimitero Monumentale. Fa sempre freddo in questa Milano invernale, saltello, batto i denti, sembro davvero un miserabile investigatore privato di un romanzo scandinavo che fa la posta a una *dark lady* di Göteborg.

Poi ho un fremito, deve essere lei quella che sta uscendo dal portone, una biondina slavata, ha ragione l'Aldino, è *carina*, cappotto di discreta qualità, in spalla uno zainetto firmato, si toglie i guanti e sfila la catena dallo scooter, apre il sedile e tira fuori il casco, se lo mette, io mi avvicino: «Sono Luca Restelli, il figlio di Giovanni Restelli».

Mi fissa sorpresa. Ha gli occhi chiari, un azzurro impastato di verde, denti bianchi e regolari, pelle tappezzata di invisibili efelidi. È una milanese come se la immagina la tribù di Daria Bignardi. Certamente sotto i trenta, forse abita ancora con i genitori, oppure è una *young single* che lavora in una libreria, o un'assistente in qualche università, o una farmacista. Se la seguissi per ragioni sentimentali, se lei fosse *la passante* di Baudelaire, quella che incroci per strada e ti buca il cuore e sparisce nella folla, immaginare chi è sarebbe dolce e inebriante. Ma non ho tempo, lei è quella che va a pregare sulla tomba di mio padre. Perché lo fa? A me interessa solo questo.

«Ho un appuntamento in centro» dice subito lei.

«Rimandalo. Ho bisogno di parlarti. Adesso.»

Al Metropolis ci valutiamo trincerati dietro a due cappuccini. C'è un discreto andirivieni di clienti. *Vis-à-vis*, dai lati opposti di un tavolino di legno, sembriamo due fidanzati silenti che cercano le parole giuste per aggiustare un rapporto in crisi.

«Cosa vuoi sapere da me?» mi chiede a un tratto lei.

«Spiegami perché vai sulla tomba di mio padre. Lo conoscevi?»

«Sì, di vista. Ma non gli ho mai parlato.»

«Che significa *di vista*?»

«Che lui e io ci vedevamo spesso.»

«Dove?»

«Al parco Guido Vergani.»

Lo conosco bene, il parco Vergani, ci andava ad allenarsi Veronica con le sue amiche runner. È un po' il Parc Monceau di Milano, ci trovi spesso gli sfaccendati del liceo Beccaria. Sto affondando a mani piene nella Milano dei miei ricordi e adesso entra in scena una biondina che nei viali di quel parco vedeva spesso mio padre.

«Vi davate appuntamento lì?»

«No. Ripeto, non lo conoscevo. Ho appreso il suo nome sui giornali quando hanno scritto che era stato ucciso.»

«Senti, sono stanco di fare domande. Dimmi quello che sai.»

Mi guarda e forse si intenerisce. Devo avere la faccia di quelle mogli che durante la Seconda guerra mondiale aspettavano i reduci al porto mentre scendevano dai bastimenti, e chiedevano se qualcuno avesse visto Mario, o Giovanni, o Luigi, facce tirate da un velo di disperazione e di fatalità nel fondo degli occhi e della voce.

«È strano quello che è successo tra me e tuo padre. L'ho visto per la prima volta circa due anni fa. All'epoca ancora studiavo e ogni tanto andavo al parco a fare un *break*. Era seduto da solo su una panchina. Fissava il cielo. In silenzio. Non distoglieva lo sguardo nemmeno per un istante. Poi si accorse di me. Provò come un senso di imbarazzo. Ma io gli sorrisi. E subito sorrise anche lui. Si alzò e si allontanò senza mai girarsi. Lo rividi qualche giorno dopo. Da come mi guardò intuii che mi stava come aspettando. Mi sedetti e gli sorrisi di nuovo. Lui ricambiò. Avevo portato con me un libro. Iniziai a leggere. Ogni tanto, con la coda dell'occhio, lo scrutavo. Mi fissava in maniera insistente, come lo avevo visto fissare il cielo la prima volta. Succedeva sempre così. Io arrivavo e lui era lì ad aspettarmi. E mi fissava per tutto il tempo. Senza mai azzardare un gesto, una parola.»

«Non hai mai pensato che fosse un uomo pericoloso? Voglio dire: perché, sapendo di trovarlo lì, tornavi al parco?»

«Non ho mai avuto paura di lui, nemmeno per un solo secondo. Nei suoi sguardi non c'era nulla di morboso. Anzi, era come una carezza dolcissima. Mi sono chiesta cosa lo spingesse a tenere quel comportamento. E penso di aver trovato la risposta. Tuo padre mi amava, si era innamorato di me.»

L'amore, sempre l'amore, tutto ruota intorno a questo sentimento così abusato e marcio. Ma forse è la chiave di lettura della vita: che tipo di amore, quale amore, quanto amore guida la nostra storia umana?

«Fammi capire meglio. Tu pensavi che lui ti amasse. Perché allora continuavi a frequentare il parco? Era una tua crudeltà? O in qualche modo ti faceva piacere sentirti venerata a tal punto da un uomo anziano?»

«Nessuna crudeltà. E nessun piacere perverso. Tra me e tuo padre c'è stata una straordinaria storia muta. Pulita. Dolce. Mi faceva tenerezza quel suo sguardo mai guastato dalla voglia fisica. Guardava me come guardava l'azzurro del cielo. Lui aveva bisogno di vedermi, di fissarmi. E alla fine anch'io avevo bisogno di farmi guardare da quei suoi occhi limpidi, graziosi, intelligenti.»

Le parole della biondina rimettono in moto le idee, e le ipotesi. Dunque non aveva mentito, Valeria, quando diceva che mio padre era innamorato di un'altra. A sentire la ragazza del parco, Papà l'amava, solo con gli occhi ma l'amava. *Questa specie d'amore* titolava un romanzo anni Sessanta di Alberto Bevilacqua. Sì, davvero una *specie d'amore*, quello tra mio padre e questa ragazza, strano, ma ancora una volta rintracciabile nelle pagine della grande letteratura. Ho vaghi ricordi di quando a lettere studiavamo l'amor cortese, dove il rapporto fra i due sessi era definito *servizio d'amore*: l'uomo presentava il suo omaggio alla donna e restava in adorazione di fronte a lei. Mio padre, vecchio, al parco, aspettava in adorazione una biondina tutto sommato scialba della Milano *comme il faut*, con l'unica, enorme differenza che gli amanti occitani ardevano anche di desiderio carnale. Oppure anche mio padre *desiderava* quella donna – quelle donne? – ma non ha mai avuto il coraggio di andare a letto con loro? Forse Papà ha tradito Mamma senza tradirla, o forse la tradiva in maniera ancora più profonda, con gli aneliti dell'anima.

Prima di alzarsi lei si presenta: «Mi chiamo Matilde».

«Forse tornerò a cercarti.»

«D'accordo. Comunque non te l'ho ancora detto, mi dispiace tantissimo. Volevo bene a tuo padre. Sul serio.»

Esce dal Metropolis come quelle figurine di boulevard Saint-Germain nei romanzi di Boris Vian, e mi resta appiccicata al cuore.

Una cosa è certa: Matilde non ha mai chiesto a mio padre di lasciare sua moglie, come sosteneva la Valeria Beccati. Non mi pare proprio il tipo, oltre al fatto che lei e mio padre non si sono praticamente mai parlati. O forse Matilde mi ha mentito? O a mentirmi è stata la Beccati? Più probabile la seconda. Ma chi può dirlo?

27

In zona Cavour, quel pomeriggio

Ci siamo dati appuntamento in via Cavour. Ci infiliamo nel parco, diverso da quello Vergani, gente più anziana e composta, il piccolo mondo antico del *côté* corso Venezia.

Zia Olga cammina con lenta precisione, cerca le parole, non lascia nulla all'improvvisazione: «Io con tua madre non ci dovrei parlare. Lei sta confinata nella mia camera da letto. Io mi sono spostata sul divano in salotto. E devo pensare solo ad accudirla. Così mi hanno detto i poliziotti. Una situazione surreale. Dovrei passarle la cena su un vassoio attraverso la porta. Sarebbero questi gli *arresti domiciliari*. Ma qualcosa le dico e lei qualcosa mi dice».

«Immaginavo. Cosa ti dice?»

«I giorni trascorsi in carcere hanno lasciato il segno. È ancora spaventata, silenziosa. Fatico a farla parlare.»

«Ti ha raccontato qualcosa? Si sarà fatta un'idea di cosa potrebbe essere successo.»

«No. Ho provato a indagare. Ma lei non risponde. L'unica cosa che mi ha chiesto è se qualcuno è andato a casa sua. Ma poi non mi ha spiegato perché vorrebbe saperlo.»

«L'avvocato Pozzi è venuto a trovarla?»

«No. Chiama una volta al giorno. Funziona così. Contatti telefonici.»

In testa ho un improvviso turbinio. Come mai Mamma vuole sapere se qualcuno di noi è entrato in casa? Se lo chiede deve esistere una ragione importante, forse c'è qualcosa che la inquieta, una prova contro di lei. O qualche indizio per sbrogliare la matassa del mistero. Mi convinco che questo è un *significativo* passo avanti nella mia ricerca: c'è qualcosa di rilevante in casa dei miei e io devo assolutamente decifrare *cosa*.

Prima di congedarmi da zia Olga, le dico: «Chiedi alla Mamma se conosce una ragazza bionda che Papà aveva l'abitudine d'incontrare al parco Vergani. E se Valeria Beccati era una sua studentessa di canto».

Zia Olga annuisce e memorizza.

28

A casa dei miei, un'ora dopo

Rischiarata dalla luce del giorno, la casa dei miei è più rassicurante. Il sole filtra attraverso le finestre con placida serenità, non sembra l'appartamento che ha fatto da sfondo a un omicidio, è una casa calda e accogliente, con reperti di vita vissuta, una vita anch'essa serena.

Non mi sento più addosso quel senso di angoscia che mi aveva assalito la notte nella quale rientrai qui dentro, qualche giorno fa. È casa *loro*, ma anche casa *mia*, percepisco odori familiari, anche i suoni che arrivano dalla strada sono rassicuranti, il brodo acustico e olfattivo della mia infanzia. Entro, giro lentamente nelle varie stanze, mi guardo intorno con attenzione, cerco di capire se qualche oggetto è stato spostato, ma tutto è coperto da un ordine quasi ascetico.

Mi squilla il cellulare, è Finnekens: «Sei scomparso. Mi hai tirato dentro la tua vita e adesso scappi?».

«Scusami, Finn. Oggi sono successe molte cose. Insomma, la storia si complica. Non voglio ossessionarti con le mie indagini a trecentosessanta gradi.»

Lui mi obbliga a vuotare il sacco. Gli faccio un corposo resoconto: l'incontro con la biondina, le sue sorprendenti rivelazioni sullo stravagante rapporto al parco con mio padre, la vita agli arresti domiciliari di mia madre e zia Olga, l'inquietudine di Mamma per qualcosa che forse chi entra a casa sua potrebbe trovare. E naturalmente che a cercare quella cosa adesso ci sono io.

«Bene. Quando le storie si complicano significa che valeva la pena scriverle» commenta lui con una punta di allegra incoscienza.

«Finn, noi non stiamo scrivendo un romanzo.»

«No, stiamo facendo di più. Stiamo immaginando come l'avrebbe scritto un altro. Sai chi? Un assassino.» E subito aggiunge: «Ma in questa indagine non usiamo la tecnica di routine dell'investigatore di turno. Noi abbiamo accesso all'archivio. Quello che contiene le storie già scritte dai grandi narratori su cosa muove l'odio, l'amore, la vecchiaia, la gelosia e tutte quelle passioni umane che portano a un delitto».

Ha ragione Finnekens, da quando mi sono rivolto a lui questa dovrebbe essere la nostra *mission*. Adesso però comincio a perdere fiducia nel *metodo*, il nostro mi sembra più un gioco da circolo di lettori esaltati, invece di volare così in alto vorrei qualche riscontro terrestre, vorrei delle prove semplici, vorrei camminare sui sentieri della squadra Omicidi, non su quelli della nostra sofisticata passione per le parole scritte.

Ma lui insiste: «Non ti credere, amico mio, anch'io ho fatto qualche passo avanti. Ti ricordi il racconto di

O. Henry? Ci ho riflettuto sopra. Come se contenesse qualcosa di non risolto. Insomma, c'è un tizio a New York che aspetta l'arrivo della fidanzata. Ma lei non torna, non scrive, sembra sparita. Il tizio va da una chiromante che gli predice alcune cose sullo svolgimento della sua giornata. E quelle cose effettivamente accadono. L'ultima porta casualmente il tizio in casa di un altro tizio dove, da quando è arrivata in America, lavora la sua fidanzata. Mi segui?».

«Alla lettera.»

«Avevo concluso dicendo che il destino del tizio non stava tanto in quello che gli predice la chiromante, ma nel fatto di *averla incontrata*. Un incontro che lo porterà indirettamente dalla fidanzata. Adesso, però, riflettendo meglio, mi pongo un'altra domanda. Come mai la fidanzata del tizio, se era arrivata a New York, non lo aveva cercato?»

«Forse perché non lo amava più.»

«Esatto! Bingo! O. Henry non lo dice nel suo racconto. Ma lascia la risposta ai lettori attenti. Ed è la tua: il tizio cercava la ragazza perché l'amava, ma lei non cercava lui perché probabilmente i suoi sentimenti erano cambiati. Il destino del tizio non era ritrovarla, ma rendersi conto che la loro storia era finita. Guarda che questa scoperta ci porta molto avanti nella nostra ricerca. Fino a questo momento abbiamo pensato che lui fosse in corso Vercelli per ragioni misteriose legate a dei suoi segreti, insomma al compimento di un suo destino nascosto. Forse voleva incontrare una persona che amava segretamente. Ma se questa persona, invece, non lo amava più, non si è presentata all'appuntamento. In corso Vercelli lui ci è andato per seguire il suo destino. Ma il suo destino non era questa persona. Era quella che voleva ucciderlo.» Fa una pausa e conclude: «Voglio dire che noi su quel marciapiede ci immaginiamo solo delle persone legate in qualche modo al suo mondo affettivo. La corista, la biondina, tua madre. Ma dobbiamo iniziare a immaginare che potrebbe esserci una quarta persona. Una sentimentalmente lontana da tuo padre, che aveva con lui dei conti in sospeso».

«L'infermiera?»

«Perché no? Ma penso che quelli della polizia avranno setacciato la sua vita e cercato, nel suo passato e nei suoi tabulati, possibili intrecci con quella di tuo padre. Se non l'hanno arrestata, se pensano addirittura che sia così credibile da aver indicato tua madre come colpevole, possiamo escluderla.»

Decido di tagliare corto, con Finnekens tutto prende sempre dimensioni da romanzo fiume. Gli dico: «Finn, grazie. Sei davvero prezioso, sul serio. Lo apprezzo molto. Ma adesso sono in casa di mia madre per cercare quello che lei teme possa essere scoperto. Non so perché, ma sento che potrebbe essere l'elemento davvero decisivo per squarciare la nebbia».

«Ok, fammi sapere. Ti voglio bene» dice lui frettolosamente, e attacca laconico.

Immagino la sua faccia. Non ha un buon carattere, Finn, se gli togli il microfono si incazza, ma quando dice di voler bene a qualcuno puoi credergli.

Si è fatta notte. Ho rivoltato la casa come avrebbe fatto una squadra dei Ris. A forza di guardare *crime stories* sulle piattaforme siamo diventati tutti esperti di *scene del delitto*. Ma nel silenzio immobile e agghiacciante di questa casa abbandonata non emerge quel particolare *decisivo* che cercavo e decido di finirla lì, di togliere il disturbo.

Poi, quando sono sulla porta, mi torna in mente *La lettera rubata* di Edgar Allan Poe, quella lettera misteriosa capace di rovinare la reputazione di una gran dama di corte, rubata da un ministro. Tutti la cercano e nessuno la trova. A risolvere il mistero è tale Dupin, investigatore improvvisato, il quale ha una grande intuizione: invece di cercare la lettera nei posti più nascosti guarda in quello meno sospettabile, sulla scrivania del ministro, dove infatti la lettera è in bella vista insieme ad altre. Come a dire: per nascondere una cosa, certe volte è meglio lasciarla in piena evidenza.

Sulla scrivania di mia madre forse trovo la sua *lettera rubata*. È un Post-it con la sua calligrafia. Leggo: *Ore 15, andare Stazione Centrale, arriva Rodolfo*. La data indicata risale a tre giorni prima dell'omicidio. Ma la cosa più intrigante è un'altra: Rodolfo è il cugino di mio padre, quello che vive sul Lago Maggiore. Perché mia madre lo doveva incontrare tre giorni prima che qualcuno sparasse a Papà?

29

Ad Arona, il giorno dopo

In pochi giorni è il secondo lago che mi ritrovo davanti.

Il Lago Maggiore è un luogo che mi riporta all'infanzia, quando qui venivo spesso con mio padre. Lui era nato da queste parti e si veniva a trovare i Nonni di Arona, due borghesi fatti e finiti, meravigliosi. Nonno avvocato e Nonna dedita alla carità, cattolici fin nel midollo. Si pranzava nella villa dove vivevano. A me quella villa pareva un castello incantato, per via di Jack, il cane lupo tonto che fingeva di fare la guardia in giardino, ma soprattutto della Titti, una vecchia domestica quasi manzoniana. Mi piaceva, quel misto di Lombardia e Piemonte, le inflessioni vocali, la vera provincia italiana affacciata sull'acqua e protetta dalla statua del San Carlone. Pesce di lago, chiacchiere di lago, noia e valori solidi. Mi sembra ieri che il Nonno mi porta in cartoleria a comprare quaderni, il mio piccolo mondo antico inciso nel cuore.

Il *cugino Rodolfo*, così lo abbiamo sempre chiamato in casa, mi accoglie in un caffè della piazza principale. È un settantenne che non si vergogna della sua età, cugino primo di Papà, figlio di Giacomo Restelli, il fratello del Nonno. Mi aspetta con un cappotto liso, è tirchio, il Rodolfo, benestante, cappello in testa da amministratore di condominio, la professione che esercita. Nulla di intellettuale in quel nostro ramo di famiglia del Lago Maggiore, lui pensa ai numeri, ai tetti che si sfaldano, ai tubi che scoppiano, alle rate trimestrali inevase, orizzonti limitati. Papà era cresciuto studiando Ravel, lui invece si è fatto strada nella vita con una laurea in economia e commercio. Parla come ragiona, in modo concreto, mai uno sprazzo di fantasia: «Esatto, io e tua madre ci siamo incontrati alla Stazione Centrale. L'avevo cercata io».

«Vi incontravate spesso?»

«No, molto raramente. Lei mi ha sempre considerato un *cretino*.»

«In che senso?»

Rodolfo storce le labbra. «Sai com'è tua madre. Si sente una intellettuale e tutto il *resto del mondo* per lei è composto da nullità.»

Non ha torto, il cugino: Mamma è una donna selettiva, scostante, superba, a tratti si rende antipatica al resto del mondo. «D'accordo, ho capito il concetto. Allora perché l'avevi cercata?»

«Perché era successa una cosa curiosa. Quando i tuoi hanno venduto la villa di tuo nonno, Giovanni mi ha chiesto se potevo conservare alcuni ricordi della sua famiglia in un garage vuoto che utilizzo come magazzino. Ci ha sistemato quadri, libri, album di fotografie, la poltrona di tuo nonno, insomma, cose dal basso valore commerciale ma alle quali era legato. Una decina di giorni prima dell'omicidio, tuo padre mi ha telefonato. Voleva venire a prendere qualcosa nel garage. Così è venuto ad Arona, gli ho dato la chiave e lui è andato a recuperare quello che gli serviva. In tutto era un cartone, che ha infilato nella sua macchina. Non ho visto cosa conteneva. Il giorno dopo sono entrato nel garage a prendere delle bottiglie di vino. E subito ho notato una cosa. Tuo papà si era portato via una pistola.»

«Quale pistola?» chiedo sorpreso.

«Tra i ricordi che Giovanni aveva conservato c'era una pistola. Era quella che tuo nonno aveva usato quando era partigiano, durante la guerra. Ho notato subito che non c'era perché la vedevo sempre appesa nella sua fondina proprio sopra lo scaffale dove tengo il vino. Era sparita.»

«Era ancora in grado di sparare?»

«Non lo so. Si trattava di un modello antico. Canna lunga, a tamburo. All'epoca sparava eccome. Oggi non lo so. Non so nemmeno se dentro ci fossero ancora delle pallottole. Io non l'ho mai presa in mano. La vedevo appesa lì e basta.»

Rifletto in fretta, ma i pensieri sono troppi. «Non hai chiamato Papà per chiedergli come mai l'avesse portata via dal garage?»

«No. Mi sembrava scorretto. Avrebbe pensato che lo controllavo. Erano cose sue, non potevo impicciarmi.»

«Lo hai chiesto a mia madre?»

«Nemmeno. Siccome però ero inquieto, l'ho chiamata dicendo che passavo per Milano e le avrei dato una scatola di certi cioccolatini che vendono ad Arona. Tuo padre da piccolo li adorava e io li avevo ritrovati in una vecchia pasticceria che li aveva rimessi in produzione. Ho pensato che così, se lei aveva visto la pistola in casa, me ne avrebbe parlato.»

«Te ne ha parlato?»

«No, non mi ha detto nulla.»

Sto tornando in treno a Milano, e le rivelazioni del cugino Rodolfo mi agitano senza tregua. Perché Papà era andato fino ad Arona per recuperare quella pistola? A cosa gli serviva? Mamma davvero non l'aveva vista? E se sì, perché non ne aveva parlato con Rodolfo? Una pistola è una pistola, non è una lettera, non è una fotografia. Una pistola *spara*, come quella che ha sparato e ucciso Papà.

30

Da Risoelatte, quella sera

Ho chiamato zia Olga e la incontro da Risoelatte, sotto casa sua.

Ceniamo insieme, non è roba stellata ma non è per questo che ci siamo dati appuntamento. La metto al corrente di quello che mi ha raccontato il cugino Rodolfo di Arona. Lei ascolta impietrita. Convive con una sorella accusata di omicidio e l'arrivo improvviso di una pistola ingarbuglia oltremodo il suo malessere. Ma ascolta, appartiene a una generazione che sa ascoltare, interiorizza, non perde una virgola della mia cronaca minuziosa. Poi: «Una pistola serve solo a due cose: a sparare a qualcuno o a difendersi da qualcuno».

Annuisco. Va sempre al sodo la zia, professoressa di matematica. «Esatto» dico poi. «Vai a sapere se Papà voleva sparare a qualcuno o aveva paura che qualcuno sparasse a lui.»

«Tu sapevi che in quel garage c'era una pistola?»

«No.»

«E secondo te mia sorella lo sapeva?»

La fisso con occhi *maledettamente* seri. «Zia Olga, per questo ho voluto vederti. Tu vivi nella stessa casa di Mamma. So che devi limitarti a passarle il cibo e a occuparti dei suoi bisogni primari. Ma sono divieti di un codice, non comandamenti biblici scolpiti nella pietra. Tu domani devi parlare con Mamma. Dobbiamo sapere da lei se ha visto in casa quella pistola che Papà era andato a prendere nel garage di Arona.»

«Pensi che sia quella che ha sparato a tuo padre?»

«Non penso nulla. Tutto è possibile.»

«Pensi che sia stata lei a usarla?»

«Penso che in quel caso sarebbe atroce.»

Zia Olga riflette, poi cambia l'asse del ragionamento: «C'è un film di Alfred Hitchcock che da ragazza amavo moltissimo, *Il sospetto*. È tratto da un romanzo, tu che vivi tra i libri potresti ritrovare il nome di chi l'ha scritto. È la storia del lato oscuro di un matrimonio. Una giovane aristocratica inglese si innamora e poi diventa la moglie di un tipo che vive di espedienti. Ma nel corso della storia si accorge che lui è un bugiardo e matura la convinzione che voglia ucciderla per intascare il premio dell'assicurazione. Il film mi era piaciuto perché dimostra in che modo il tarlo del sospetto può guastare l'unità di una coppia».

La sua divagazione cinematografica mi stupisce. «Vuoi dire che il matrimonio tra tua sorella e mio padre era avvelenato da qualche dubbio?»

«No, affatto. Pensavo al matrimonio in generale. È un terreno viscido. Spesso riflette una luce falsa. Dietro l'apparenza tranquilla può celarsi qualcosa di sorprendente.»

«Per questo non ti sei mai sposata?»

Zia Olga sospira, chiude gli occhi, li riapre e mi fissa. «Luca, ti voglio raccontare una cosa che non sai. Se non fossimo in questa situazione così angosciante non te la direi. Giovanni, tuo padre, prima di sposare tua madre ha avuto una breve relazione con me. Eravamo giovani, forse avevamo fatto una scelta superficiale e affrettata. Fatto sta che dopo qualche mese ci siamo lasciati. Ci siamo rivisti circa un anno dopo, in Liguria, a Santa Margherita. Io ero andata in vacanza con tua madre, insieme ai nostri genitori. Giovanni stava a casa di un suo amico. Ci siamo incontrati in spiaggia. Poi siamo usciti qualche sera a cena tutti e quattro. Tornando a Milano tua madre mi ha detto che era rimasta in contatto con Giovanni e che si scrivevano. Esattamente tre mesi dopo si sono sposati. Non ho nessun rimpianto, e non nutro alcun risentimento verso tua madre o Giovanni. Sono cose del passato, eravamo giovani.»

Quando zia Olga finisce il suo racconto è come se avessi beccato un montante di Sugar Ray Robinson al fegato, sono senza fiato. Mi sento catapultato in un improbabile *Via col vento* milanese, Mamma e zia Olga come Rossella e Melania, e in mezzo Papà, come Leslie Howard. Io non so proprio una *minchia* della storia della mia famiglia, non ho contezza del coacervo di sentimenti incrociati che ne reggono l'impalcatura. Chissà quale rancore stagna nel cuore di mia zia, e quale senso di colpa in quello di mia madre. Eppure hanno continuato a volersi bene, anche se zia Olga ha rinunciato all'amore. Colpa di quella delusione? E adesso mia madre sceglie di essere accudita da lei mentre sconta i domiciliari... Complicato, tutto è *maledettamente* complicato. Mi viene in mente l'ipotesi sul matrimonio dei miei suggerita da Finnekens: *mettiamo che tuo padre e tua madre si odiavano*. Potrebbe valere allo stesso modo: *mettiamo che zia Olga odia mia madre*. Da qualunque parte cerchi di esaminare le motivazioni di questo delitto si spalancano praterie inquietanti.

Guardo zia Olga tornare verso casa e mi rendo conto che non le ho nemmeno chiesto se ha parlato con Mamma della ragazza bionda che Papà vedeva al parco Vergani e di Valeria Beccati. Ma tutto evolve troppo velocemente, nuovi dettagli e scoperte rimescolano continuamente le carte. E ora la cosa più importante è capire se Mamma sapeva qualcosa di quella pistola.

31

In redazione, il pomeriggio dopo

Hanno deciso di allegare al giornale un inserto settimanale: grandi romanzi della storia della letteratura moderna. E il direttore ha incaricato me di selezionare i titoli.

Ho iniziato tra dubbi, ripensamenti, scelte al limite dell'impossibile. Capisco che per uscirne vivo dovrò ricorrere al *gusto personale*, impossibile fare valutazioni oggettive. Per il momento sono inchiodato con tre titoli assoluti: *Guerra e pace*, *Delitto e castigo*, con i russi non si può scherzare, poi sale momentaneamente sul podio *I miserabili*. Sembra il gioco dell'oca, avanza Hemingway poi fa un passo indietro per Thomas Mann, arriva Dickens ma si fa largo Scott Fitzgerald, è un puzzle inestricabile – Joyce, Svevo, Proust, Stendhal. E Manzoni, per amor di patria? Che poi i lettori cosa cazzo se ne fanno di tutte queste parole? Un giornale serve a dare notizie e opinioni, mica siamo la succursale del ministero della Cultura. Se un giornale *impone*, falsa il rapporto fiduciario con l'intelligenza critica del lettore. Insomma, mi sto facendo mille pippe mentali per dare un senso alla mia giornata di lavoro, mentre la mente è altrove, si danna per trovare un significato alla rivoltella che mio padre ha spostato da Arona a Milano.

E in tutto questo bordello cerebrale, lo vedo che avanza con passo fiero verso di me. È Lui, il Fenomeno: cosa cavolo è venuto a fare qui in redazione?

«Ciao uomo dell'informazione» mi saluta sornione.

«Ciao Finnekens» faccio io, sorpreso. Non lo lascio parlare e gli chiedo a bruciapelo: «Qual è il romanzo più importante della storia della letteratura?».

Risponde senza nemmeno riflettere: «*Le avventure di Huckleberry Finn* di Mark Twain. Almeno così sostiene Hemingway» mi fa divertito.

Bene, lo segno nella mia tabella, siamo a quattro titoli.

Finnekens si accomoda sulla sedia davanti a me. Ha uno sguardo che la dice lunga.

«Tra noi due non so chi è Holmes e chi Watson. Ma per fartela breve stamattina mi sono messo nei panni di Holmes. Vaffanculo ai romanzi, ho fatto un'indagine sul campo» mi dice.

Che tipo, Finn, che tipo speciale. «Ok Holmes. Watson è tutto orecchie.» Mi metto in ascolto.

«Ho buttato giù uno schemino. I nomi inseriti sono: tuo padre, *of course*, tua madre, l'infermiera testimone, la corista della Scala, la biondina del parco. E ho lasciato una casella vuota per un'eventuale *new entry* ancora avvolta nella nebbia di quella mattina in corso Vercelli. Poi ho fissato per quasi mezz'ora i nomi. E alla fine ne ho scelto uno tra tutti. L'infermiera. Tu me l'avevi indicata giorni fa. Io l'avevo sottovalutata. Invece è lei il grande mistero di questa storia. Così, stamattina, ho fatto un salto all'ospedale dove lavora, al San Carlo. Ambra Molteni lavora nel reparto oncologico. Sono anch'io un malato di quella merda di male lì, ho tirato fuori il referto e mi sono andato a piazzare nella sala d'attesa al primo piano. C'era una folla di poveracci che aspettavano il loro turno. Ogni tanto passava qualche medico con delle radiografie in mano. Ma c'era anche un andirivieni di infermieri. Ne ho fermato uno, uno giovane, con il codino, un tipetto alternativo, di quelli che quando escono dal lavoro forse si sfondano di canne, insomma uno che con me avrebbe scambiato volentieri due parole vedendomi così stravagante. E infatti le ha scambiate. Gli ho parlato del mio tumore, lui mi ha tranquillizzato, era un bravo ragazzo, poi gli ho raccontato che quando sei messo come sono messo io pensi molto alla morte, anche se poi potresti andartene per mille altre ragioni, e l'ho buttata lì: "Guarda cosa è successo a quel poveraccio al quale hanno sparato in corso Vercelli quando c'era la nebbia". Lui il fatto se lo ricordava bene. Aveva letto i giornali, aveva visto i servizi in tv. E mi ha detto: "Pensi che credo di averlo visto qui due o tre volte, quel signore". Bingo. Era esattamente quello che volevo sapere. E subito gli ho domandato: "È strano, mi sembra che la donna che ha visto l'assassina sparare lavori qui". Lui ha confermato: "Sì, l'Ambra Molteni, sta al reparto di chirurgia oncologica". L'ho incalzato: "Secondo te conosceva la vittima?". Lui ci ha pensato su un attimo. "Non credo, se l'avesse conosciuta l'avrebbe detto." Però gli avevo insinuato il dubbio. E infatti, quasi ripensandoci, ha aggiunto: "Comunque io non sono proprio sicuro che l'uomo che ho visto qui fosse lui. Gli assomigliava, ma forse era un altro".»

Mi sono bevuto il suo racconto come di solito lui tracanna la sua birra. Adesso noi due, gli Holmes e Watson *lumbard*, abbiamo un elemento in mano che forse nemmeno la polizia conosce, e lui lo enuclea forte e chiaro: «Forse era un altro. Ma se invece, come aveva detto all'inizio l'infermiere con il codino, l'uomo che pensa di aver visto all'ospedale era tuo padre, allora possiamo immaginare che tuo padre e Ambra Molteni si conoscessero».

Cazzo se è un passo avanti, è un mezzo chilometro di passi avanti. Non cerco nemmeno di immaginare nuovi scenari e gli narro d'un fiato la storia della pistola di Arona. Lui allarga un gran sorriso, poi parte con una risata degna del finale del *Tesoro della Sierra Madre*: «Con tutto il rispetto per il tuo dolore, questa è una storia meravigliosa!».

32

Dall'avvocato, il giorno dopo

Mi ha convocato l'avvocato Pozzi, mi riceve nel suo studio che profuma di bergamotto. Oggi indossa una grisaglia molto Charles Laughton in *Testimone d'accusa*, le sue guance rosa rasate a meraviglia sono gonfie di soddisfazione. È soddisfatto, Pozzi, e me lo dice con enfasi: «Questo è il caso più difficile che mi sia mai capitato nel corso della carriera. È un rompicapo che non mi fa dormire la notte. Ma qualunque mistero ha sempre una spiegazione. E per arrivarci bisogna prima *smontare* quello che sembra evidente».

Fa una pausa da principe del Foro, per attirare meglio l'attenzione di un'ipotetica corte.

«Qualunque nostro ragionamento è inchiodato da un'evidenza considerata insormontabile: la testimonianza dell'infermiera che quel giorno ha visto tua madre sparare.»

«Ambra Molteni» chioso io.

Mi sorride sorpreso dalla mia prontezza. Non sa che io e Finn siamo sulle tracce della stessa persona.

«Esatto, lei. Tutto gira intorno alla sua testimonianza. Così, come previsto dalla legge, ho deciso di fare un'indagine parallela. Ho messo in campo un mio detective, un ex carabiniere in pensione, uno che conosce le dinamiche del crimine. Per prima cosa ha fatto una ricognizione nell'ospedale dove lavora.»

«Al San Carlo, reparto chirurgia oncologica.»

Pozzi sorride di nuovo, sempre più stupito. «Sì, all'ospedale San Carlo. Ma non è venuto fuori granché. Da diverse confidenze dei suoi colleghi la Molteni non sembra avere relazioni sentimentali fisse e nemmeno occasionali. È una donna tranquilla, metodica, apparentemente senza scheletri nell'armadio. Allora il mio investigatore ha iniziato a pedinarla fuori dal posto di lavoro. Anche qui nulla di sorprendente. Vita solitaria e riservata. Il sabato si concede una breve distrazione in una sala bingo. E ogni tanto va al cinema insieme a un'inquilina zitella del suo palazzo. Ieri, però, finalmente è saltata fuori una cosa molto interessante. Andando al lavoro, la Molteni si è recata in un negozio di ottica. Quando è uscita aveva una bustina in mano. Il mio tizio carabiniere che la pedinava ha aspettato una ventina di minuti, poi è entrato nel negozio. Si è presentato al proprietario come il marito della signora che era uscita e gli ha detto: "Mia moglie ha dimenticato sul tram quello che aveva appena comprato da lei. Siccome doveva andare al lavoro, mi ha chiesto di farsi gentilmente ridare la stessa cosa". L'ottico ha abboccato. Ha controllato la ricetta e ha consegnato al mio detective ciò che aveva comprato la Molteni. Lui ha pagato ed è uscito.»

Pozzi, raggiante, tira fuori dal cassetto della sua scrivania una piccola scatola. «Sai cosa aveva comprato l'infermiera? Delle lenti a contatto. Queste. Le ho già fatte esaminare. La Molteni ha un deficit visivo di quasi tre diottrie. In parole povere, se quella mattina nella nebbia non aveva messo le lenti a contatto o magari un paio di occhiali, non era assolutamente in grado di riconoscere in maniera credibile chi ha sparato a tuo padre.»

«Ma come si fa a sapere se le portava o no?»

«Impossibile. Noi non lo potremo mai dimostrare. Ma anche il pubblico ministero non potrà mai dimostrare il contrario. Giuridicamente, il punto fermo è che la Molteni ha un deficit visivo. Quindi, anche se lei dichiara di aver messo le lenti a contatto quella mattina, resta il dubbio che non le portasse. E questo significa che la forza della sua testimonianza non va *al di là di ogni ragionevole dubbio*. Se fossimo in America avremmo già vinto il processo. Però siamo in Italia, dove questo approccio processuale non esiste. Ma credimi, Luca, adesso siamo comunque molto più forti. Chiederò l'incidente probatorio e farò testare davanti al giudice la capacità visiva della Molteni *senza* lenti a contatto. Risulterà in maniera inoppugnabile che ci vede *male*.» Si lascia cadere sulla sua poltrona, rilassando muscoli e cervello.

Grande, avvocato Pozzi, lo avevo collocato nel *range* dei penalisti senza fantasia, invece è andato a dama, usando gli strumenti che gli mette a disposizione la legge.

«Ho già inviato la richiesta in procura per ottenere in tempi rapidi la data dell'udienza probatoria» conclude.

Mi sento sollevato, finalmente qualcosa di pratico e utile. Riesco solo a chiedere: «Ma allora chi ha sparato?».

Pozzi sorride. «Il mio investigatore è un carabiniere in pensione, non il commissario Maigret.»

33

Da Risoelatte, quel pomeriggio

Mi ritrovo di nuovo con zia Olga al solito Risoelatte, stesso tavolo di qualche sera prima. Mi ha cercato lei con un WhatsApp laconico – *Ti devo parlare* – e adesso siamo qui e lei parla: «Ho fatto quello che mi avevi consigliato tu. Sarebbe vietato, ma alla fine ho pensato non ci fosse nulla di male. Mentre le passavo la cena attraverso la porta della sua camera le ho chiesto se sapeva della pistola che Giovanni ha preso nel garage di Arona. Ha detto di no, che non l'ha vista. Ho insistito: "Pensaci bene, l'hai vista in casa da qualche parte?". No, niente. Mi ha risposto in maniera tranquilla. Per nulla agitata. O è una grande attrice o è veramente all'oscuro della cosa».

Grande zia Olga, ha portato a termine la missione *freghiamocene dei divieti degli arresti domiciliari.* Io la metto al corrente delle indagini dell'avvocato Pozzi e del suo carabiniere in pensione. Lei ragiona in fretta e mi chiede, usando la sua logica da professoressa di matematica: «Se l'infermiera ha visto male, allora chi è stato a sparare?».

«È quello che ci chiediamo tutti» rispondo io. E aggiungo: «Senti, se stasera ti chiamo sul tuo cellulare, mi fai parlare con Mamma? Lo so, non si può fare neanche questo. Ma forse riesco a tirarle fuori delle cose che ancora non ci racconta. Ho questa sensazione. Lei ne sa più di noi. Forse è inutile, ma ci voglio provare».

Zia Olga si trincera in un mutismo impenetrabile, poi con imprevedibile freddezza mi fa: «Te la dico io una cosa che non ha detto a nessuno. Da circa due anni tua madre ha una relazione con un altro. È uno psichiatra, si chiama Wolfango Muratori. Lo ha conosciuto perché è stata in cura da lui. Poi, tra di loro, le cose sono cambiate. Hanno un rapporto sentimentale».

Ogni volta che cerco di fare un passo avanti mi arriva addosso una doccia fredda, e questa è addirittura ghiaccia. Mamma va a letto con un altro uomo? È esattamente la cosa che un figlio non vorrebbe mai scoprire. Ok, anche Papà aveva una vita segreta, ma è un uomo, tra uomini perdoniamo con maggiore facilità, in un certo senso *comprendiamo* e *assolviamo*. Una madre invece no, è una fucilata al cuore.

«Se Mamma non l'aveva mai raccontato a nessuno, tu come l'hai saputo?»

«L'ho incontrata per caso con lui un pomeriggio, sei mesi fa, al cinema Plinius. Loro non si erano accorti di me. Io entravo e loro uscivano. Sul marciapiede si sono salutati. Con un bacio. Inequivocabile. Poi lui si è allontanato. A quel punto lei si è accorta che la stavo fissando. E ha capito che li avevo visti. È stato un momento molto imbarazzante. Si è avvicinata e mi ha detto: "Andiamo a prendere qualcosa, ti devo spiegare". Siamo entrate in un bar. E lì me l'ha rivelato.»

Fa fatica a vuotare il sacco, io la incalzo: «Cosa ti ha rivelato?».

«Che vedeva quell'uomo perché aveva bisogno di lui. Soffriva di depressione. Una forma di dolore interno che non le dava pace. L'idea di dover invecchiare insieme a tuo padre la devastava. Così aveva deciso di chiedere un sostegno psicologico. E aveva iniziato a curarsi da Wolfango Muratori. Come poi quel rapporto paziente-medico si fosse trasformato in qualcosa di diverso, non me l'ha raccontato.»

«Perché non voleva invecchiare con Papà? Pensava che lui la tradisse?»

«Non lo so. Ma quando si invecchia le cose cambiano. Si fanno bilanci. Si vede la meta sempre più vicina e ti prende il panico. Forse lei voleva vivere un'altra vita e sentiva il tempo scorrere implacabile.»

«Tu provi la stessa cosa?»

Zia Olga sorride, con una sua misteriosa forza interiore. «Tua madre si è sempre occupata di letteratura, io di matematica. Lei vede tutto incerto, per me, invece, le date sul calendario sono certe. E quando si arriva alla mia età, alla nostra, sai che non c'è più tempo per rifarsi una vita. Meglio rendere più accettabile quella che hai costruito prima.»

Che strano dirsi cose così importanti in un locale da *food*. Mi capita spesso di pensare a quegli sceneggiatori cinematografici che scelgono con cura il luogo dove ambientare una *scena madre*. Flaiano scelse la Fontana di

Trevi per mettere in scena il bagno di Mastroianni e della Ekberg, non la vasca di un due camere e cucina. Noi invece stiamo qui a disossare la storia della mia famiglia in un ristorantino di quartiere.

«Zia, lasciami dire quello che forse tu non osi ammettere. Se Mamma amava un altro uomo e voleva abbandonare Papà, trovando in casa quella pistola forse ha deciso di usarla per dare un taglio definitivo al suo matrimonio. Forse è davvero lei quella che nella nebbia ha sparato a Papà. Indossava dei guanti, ragione per cui non hanno trovato tracce di polvere da sparo sulle sue mani, poi ha gettato via la pistola. Delitto perfetto.»

«Esatto, ma c'è un problema. Tutto il tuo ragionamento parte dalla testimonianza dell'infermiera, che dice di averla vista sparare. Adesso, però, sorge il dubbio che questa infermiera abbia visto male, perché forse non portava gli occhiali o le lenti a contatto. Quindi, se quella che ha visto sparare non è lei, non esistono più certezze ma solo supposizioni. Non è un'equazione perfetta.» Poi aggiunge, con tono serio e definitivo: «Stasera non mi chiamare. Non ti passerò tua madre al telefono. Ti ho raccontato delle cose che dovevo tenere segrete. L'ho fatto perché sei mio nipote e ti voglio bene. Ma ti proibisco di chiedere a tua madre fatti relativi alla sua relazione. Esistono dei codici nei rapporti familiari. E io li rispetto. Mia sorella ha scelto me per liberarsi la coscienza. Se avesse voluto parlare con altri lo avrebbe fatto di sua spontanea volontà».

Il nostro incontro finisce mestamente qui.

34

Alla pelota basca, quella sera

Di nuovo con Finnekens, al quale ho raccontato puntualmente al telefono le ultime novità dell'avvocato e della zia Olga. Mi ha portato a fare un *happy hour* in un luogo della memoria milanese nel cuore di Brera, in via Palermo, una traversa di corso Garibaldi, dentro lo sferisterio dove si giocava la pelota basca.

Il Fenomeno ha gli occhi eccitati.

«Mi fa tenerezza pensare che qui venivano i giocatori, gli scommettitori, l'umanità marginale che sulla vita *puntava denaro*. Con la speranza di tirare su qualcosa per un caffè o per un cicchetto al bar. Ma alla fine ha vinto il gratta e vinci.»

Infatti ora della pelota non è rimasto che lo spazio, ma è uno spazio per la moda, gli eventi, tutte quelle coglionate che hanno fatto di Milano il top ma anche qualcosa di miserabile rispetto alla sua memoria. Comunque Finn non si dilunga in smancerie malinconiche sul passato, deve fare una dichiarazione, di quelle pesanti e raffinate che costituiscono la sua identità fondante: «Dopo che mi hai raccontato le ultime novità ho fatto un giro. Nella mia biblioteca. Non riesco a staccarmi da questa cazzo di letteratura. Così ho ripreso in mano *La promessa* di Dürrenmatt. Grandi pagine di saggezza sui meccanismi gialli. Insomma, nel libro ho ritrovato un pezzo magnifico del dottor H., un ex comandante della polizia con le palle quadre, il quale spiega la sua avversione per i romanzieri di storie criminali. In parole povere, il dottor H. rimprovera a quelli che scrivono gialli di voler per forza far tornare i conti. E lo fanno sempre usando la *logica*. La quale serve ad acciuffare il colpevole e a far trionfare la giustizia. Non è così, sostiene lui. La logica non spiega un beato cazzo. Dietro a un delitto non esistono statistiche. Ogni delitto è un prototipo. Per capirne la dinamica serve *culo*. E sai perché? Ogni delitto viene esaminato attraverso le prove che si hanno in mano, ma dietro a un delitto ci sono sempre una o due o tre *casualità*. Gli scrittori non si preoccupano di questo disordine. Costruiscono nell'intreccio un ordine che fa comodo a loro per arrivare alla soluzione. Questo universo perfetto è una menzogna. Dice il dottor H.: *Lasciate perdere la perfezione se volete progredire verso le cose, verso la realtà, come si addice a degli uomini; altrimenti statevene lì a baloccarvi con i vostri inutili esercizi di stile*». È un mito, e prosegue: «Capisci che genio, Dürrenmatt? Cancella il metodo che noi scrittori usiamo per arrivare alla verità. E ci indica la chiave per smascherare un assassino. Dice che serve *culo* per individuare qualche casualità».

«E nel nostro caso quali casualità potrebbero esserci?»

«Decine. Centinaia. Te ne sparo qualcuna. Come sostiene l'avvocato Pozzi, l'infermiera non portava gli occhiali, e quindi può aver preso fischi per fiaschi. Oppure, era tuo padre che voleva uccidere qualcuno. O ancora, è l'amante di tua madre che voleva sbarazzarsi di tuo padre. Oppure tua zia mente per colpevolizzare tua madre e a sparare è stata lei. E senti questa, chi ha sparato voleva colpire qualcun altro ma con la nebbia ha *casualmente* colpito tuo padre. Che era anche lui in corso Vercelli per *caso*. Noi pensiamo che lui si trovasse lì per una ragione segreta, tutta sua, invece poteva essersi semplicemente smarrito per colpa di quella cazzo di nebbia. Continuo?»

«No, continuo io. Mia madre voleva uccidere la corista, o la biondina, insomma una delle due che si trovava in corso Vercelli con Papà. E ha sbagliato bersaglio. Oppure, mia madre voleva uccidere zia Olga perché *sapeva troppo* e temeva che raccontasse tutto a Papà. Li ha beccati mentre lei si stava per incontrare con Papà per raccontargli del tradimento e ha sparato, colpendolo. Sono tutte casualità *improbabili* a rigor di logica, ma *possibili* se diamo per *probabili* i misteri dei nostri codici segreti.»

Finnekens è soddisfatto di me, mi scuote con una pacca pesante sulla spalla. «Dobbiamo arrenderci alla morte della logica. La logica non serve a niente. Se no spiegami come è possibile che uno come me, malato di cancro, se ne sta qui con un amico a bere un Mojito e parlare di Dürrenmatt. Nella mia situazione un tizio *lo-*

gico guarderebbe i giorni che gli può regalare ancora il calendario e li sfrutterebbe per farsi qualche bella scopata con delle tettone dal cuore d'oro disposte a dargliela» conclude lui, ridendo.

Come chiusura di giornata mi sembra un'ottima considerazione, *illogicamente* logica.

35

All'ospedale San Carlo, l'indomani

Non so perché sono qui, è stato più forte di me, illogico lo so, ma il fantasma dell'infermiera di corso Vercelli si è impossessato di me.

La sto aspettando fuori dal cancello dell'ospedale. Il piantone di guardia nel gabbiotto mi ha detto che stacca alle due, e adesso sono le due e dieci. Lui me la indica mentre esce dal padiglione e si avvicina al cancello per tornare a casa. È lei, Ambra Molteni. La facevo più giovane, invece è una cinquantenne *invecchiata male*, aria malinconica, passo stanco. Mi sfila davanti, la seguo, lei cammina senza notarmi, continuo a seguirla, poi lei si gira, mi vede, riprende a camminare, continuo a starle dietro, lei si rigira, sente la mia presenza alle sue spalle.

Fa ancora qualche passo, poi si blocca e si volta.

«Cosa vuole?»

«Sono il figlio di Giovanni Restelli.»

L'ho presa in contropiede, mi fissa, cerca confusamente qualcosa da dire e si ripete: «Cosa vuole?».

«Parlare. Mia madre è agli arresti domiciliari perché lei ha dichiarato di averla vista sparare a mio padre. Ma si dichiara innocente. Voglio solo una risposta: lei è sicura di aver visto proprio *mia* madre?»

«Penso di sì.»

«Sì o *penso di sì*?»

«Mi sta accusando di mandare la gente in galera senza averci riflettuto bene?»

Le chiedo a bruciapelo: «Lei porta le lenti a contatto?».

Ambra si tocca impercettibilmente gli occhi. «Sì.»

«Sì o *penso di sì*?»

«Lavoro in un ospedale. Dove c'è gente malata. Molto malata. Io adesso sono stanca. Mi lasci in pace.»

Ma io non la mollo, la trattengo con forza per il braccio. «Aspetti. Conosceva mio padre?»

«No. La prima volta che l'ho visto è stata quella mattina in corso Vercelli.»

«Glielo sto chiedendo perché un suo collega l'ha visto diverse volte in ospedale. Forse veniva a trovare lei.»

«Non veniva a trovare me.»

Si stacca dalla presa e si allontana lungo il marciapiede. Io resto a fissarla, lei non si gira più.

36

Nello studio dello psicanalista, poche ore dopo

Sono seduto nella sala d'aspetto dello studio di Wolfango Muratori, lo psicanalista, l'amante di mia madre.

È un ambiente che più Milano di così non si può. Puzza di *design utile essenziale*, comincio a rivalutare le sale d'aspetto dei dentisti, dove trovi riviste che non compreresti mai e che invece hanno il loro perché.

Finalmente Muratori mi viene incontro. È sulla sessantina, di bell'aspetto, capelli lunghi da artista color biondo cenere, occhi intelligenti, vestito come la sua sala d'aspetto, impeccabilmente milanese. Sorride, mi tende la mano.

«Sono felice di conoscerla. Sua madre mi ha parlato molto di lei.»

Non rispondo, sorrido anch'io, con un sorriso neutro che significa tutto e niente. Ci spostiamo nel suo studio, che farebbe ridere Woody Allen: c'è una stampa appesa al muro che ritrae Freud. Che stucchevole banalità. Ma la scrivania è *top*, arredata da uno scenografo premio Oscar.

«Io di solito qui faccio parlare gli altri. Ma adesso ho l'impressione che sia lei quello che è venuto a far parlare me» dice lui disinvolto.

«Esatto. Poche ore fa ho saputo che tra lei e mia madre esiste una relazione. È così?»

«Sì, è così.»

«Se le mie informazioni sono attendibili, la vostra relazione dura da qualche anno, giusto?»

«Circa due.»

«Dottore, le risparmio il gossip, anche se avrei voglia di saperne di più. Risponda in maniera sincera: secondo lei è stata mia madre a sparare a mio padre?»

Muratori rimane in silenzio per un periodo lungo, insopportabile. Poi: «In un primo momento ero certo di no. Ma in questi giorni ho riflettuto molto. E adesso non riesco più a escludere questa possibilità. Anche se vaga. Forse addirittura assurda».

«Come mai?»

«Sa dove ho conosciuto sua madre? Lì dove è seduto lei. Era venuta qui per farsi curare. Ebbi l'impressione che soffrisse di una forma di depressione. Poi, invece, scavando meglio nei suoi turbamenti, ho cominciato a capire che il suo dolore interno aveva stratificazioni più complesse. Era affetta da una leggera forma di schizofrenia. Pativa qualche sporadica allucinazione e stava perdendo il contatto con la realtà.»

«Era riuscito a guarirla?»

«Diciamo che, seduta dopo seduta, vedevo dei netti miglioramenti. Ma con lei non era questione di psicanalisi. Cerco di essere meno astruso possibile. Sua madre non ha fatto un vero e proprio percorso per arrivare al transfert. Con lei ho lavorato più da psichiatra che da terapeuta. L'ho curata farmacologicamente. E i risultati sono stati importanti.»

«Tanto da promuoverla da *paziente* ad *amante*?» io, brusco.

Muratori accusa il colpo, intuisco il suo disagio.

«Le cose della vita non vanno sempre in maniera calcolata e razionale. Lei ha ragione, uno nella mia posizione non dovrebbe lasciarsi coinvolgere dai sentimenti per una paziente. Ma è successo. Come mai? Non esiste una spiegazione logica. L'esistenza ci mette di fronte a casualità al cospetto delle quali siamo fragili e impreparati.»

Ecco che tornano le casualità che tanto entusiasmano Finnekens, come se il libero arbitrio fosse qualcosa di poco conto. Ma lui mi fissa con uno sguardo sincero, è credibile, è maledettamente *umano*.

«D'accordo dottore. Non entro nella geografia dei suoi sentimenti. Torniamo alla psichiatria. Lei pensa che la forma schizofrenica della quale soffriva mia madre possa averla portata a uccidere suo marito?»

«Ripeto, credo di no, ma non posso escluderlo. La forma schizofrenica di sua madre rientrava in quella categoria che comporta la difficoltà a provare emozioni. È come se nella mente del malato calasse uno strato di indifferenza che copre la capacità di emozionarsi. Ogni difficoltà viene analizzata con freddo distacco e risolta con ancor maggiore freddezza.»

«Provo a decifrare. Mia madre sentiva la presenza di mio padre come un peso insopportabile. Azzerando le sue emozioni, ha deciso di ucciderlo per liberarsi di quel peso?»

«Diciamo che è molto improbabile, e comunque non è così semplicistico. Ma potrebbe essere un'ipotesi. Da mesi, visti i miglioramenti, non assumeva più farmaci, stava decisamente meglio. Ma può essere che il suo disturbo possa essere riemerso all'improvviso.»

«Mia madre le parlava mai di mio padre?»

«Me ne ha parlato moltissimo all'inizio. Poi lo ha cancellato dai nostri dialoghi.»

«E cosa diceva di mio padre?»

«Lo ammirava. Ma non lo amava più. O meglio, provava compassione per lui.»

«In che senso?»

«Mi raccontava che suo padre non sapeva invecchiare. L'idea della vecchiaia lo devastava. Era infelice. Terribilmente infelice.»

Papà infelice? Eppure, malgrado l'età, provava gioia al parco incontrando la biondina, mangiava sushi in casa della corista, ascoltava musica, insegnava. Che tipo di infelicità lo torturava? Diventare vecchi conduce per forza alla disperazione? Fisso con occhi freddi lo psicanalista e gli chiedo: «Lei soffre per mia madre?».

«Moltissimo. Non riesco a darmi pace. Io sono innamorato di lei.»

Decido di dare un taglio al nostro incontro, sono parole troppo pesanti, mi fanno male al cuore.

37

A casa, quella sera

Ho ancora negli occhi e nelle orecchie il viso di Muratori e le sue parole. Non riesco a far quadrare nel mio equilibrio interno di figlio la relazione di Mamma, il suo struggimento interno e l'infelicità di mio padre, rivelazioni cadute dal cielo come presagio di una mia futura infelicità. Dovrò fare i conti con queste caselle che mancavano nel tabellone dei numeri destinati a uscire nel percorso accidentato del destino.

Poi sento la porta di casa aprirsi, mi affaccio e vedo entrare Veronica con il suo trolley al guinzaglio. Mi fissa, si toglie il piumino, è tesa, non la rammentavo così bella. Si avvicina in punta di piedi, mi abbraccia, mi stringe, mi bacia come se fosse l'ultimo bacio regalato all'umanità.

«Ti amo, Luca. Non riesco a stare senza di te, non riesco a vivere.»

La prendo per mano e la trascino in camera da letto.

La spoglio, la guardo, l'aiuto a sdraiarsi, mi spoglio, tutto molto lentamente, e facciamo l'amore come non l'abbiamo mai fatto prima. Ci mettiamo dentro la passione, e l'angoscia, e la paura, e la voglia di perdonare e di farsi perdonare. E non ci diciamo niente, nemmeno quando è finito.

Mi stacco dal suo corpo, la sua mano stretta nella mia, i respiri a sincrono, non penso a nulla, è una sorta di atarassia del pensiero. La sento vicina, e questo mi basta.

Ci rivestiamo, prepariamo la cena, si mangia di nuovo insieme, piccolo rito di vicinanza dell'anima.

«Volevo tornare a New York. Riprendere la vita all'università. Pensavo che New York ti permette di nasconderti nella sua immensità. Ci sono le sirene delle ambulanze che passano, i clacson, un rumore di fondo che anestetizza tutto. La gente va di corsa e sai che non pensa a te. Ci devi pensare tu a te stessa. Ma nel mio quotidiano c'eri stato tu. Mi mancavi. Era un quotidiano già passato e senza futuro. Come una porta che si apre sul nulla. Ero perduta. E così sono rimasta a Milano. Sono tornata dai miei. Per tentare di accettare il tuo tradimento, mi sono fatta aiutare dal mio lavoro, il cinema.»

«Come?»

«Sono entrata da remoto nella videoteca della mia università. C'è praticamente tutta la storia del cinema. Dal muto a Tarantino. Western, film storici, d'azione, di fantascienza, commedie, film politici, melodrammi, farse, storie d'amore. Il cinema ha immaginato quasi tutto *prima*.»

«Il cinema e la letteratura. Ho un amico scrittore che sta provando a decifrare l'omicidio di mio padre usando i *topoi* della narrativa investigativa.»

«Funziona. Io ho decifrato quello che è successo tra noi guardando alcuni film.»

«Quali?»

«Bergman, per esempio. Nei suoi film racconta in maniera precisa cosa divide due persone che si amano.»

«Ho letto la sua biografia. Mi è rimasta in mente una frase. Quando lui chiede a sua madre se abbiamo delle maschere al posto delle facce.»

«Le abbiamo. Tu la tua, io la mia. Ma quando le togliamo vengono fuori cose inaspettate. E ci destabilizzano. Scoprire che dietro la tua maschera c'è il viso di un trentenne che è capace di fare sesso con una cinquantenne mai vista prima non l'avevo messo in conto.»

Sorrido. «E io non avevo messo in conto che tu l'avresti scoperto.»

Sorride anche Veronica. «Comunque, tu evidentemente sei così. Me ne devo fare una ragione. E me la sono fatta definitivamente vedendo un altro film. Non ti mettere a ridere. Non dire che sono una cretina da cineclub. Il film che mi ha aperto la mente è *L'avventura* di Michelangelo Antonioni.»

Non riesco a non sorridere. «Per uno come me che adora Indiana Jones non è facile ingoiare questa pillola.»

«Lo so, sono una studiosa di cinema noiosa e pedante. Ma Antonioni ha centrato in maniera fulminante quello che separa due persone che si amano. Racconta l'ipocrisia di facciata, i segreti e le bugie che reggono i rapporti sentimentali.»

«Non credo di essere stato ipocrita con te.»

«Non è questo, Luca. Sto parlando di *cinema*. Il cinema non spiega, mostra. Nei film non sono così importanti le parole, sono importanti le immagini. E Antonioni riesce a farlo in maniera totale. L'ipocrisia tra due persone non la racconta con le *battute*, lo fa con i silenzi, con gli sguardi, con il non detto che sfugge agli stessi personaggi. Loro non sanno di essere ipocriti e falsi, ma chi li vede dal di fuori capisce che il loro modo di muoversi, di guardarsi, di fare l'amore, lo è.»

Prendo un tempo e le dico con un apparente salto logico: «Mia madre andava a letto con un altro uomo».

Veronica sorride di nuovo. «Anche tu sei andato a letto con un'altra donna.»

«E tu?»

«Non mi piacciono le vendette. Ma potrebbe succedere. In quel caso spero di scegliere un uomo meno anziano della tua cantante.»

Le prendo la mano, la accarezzo, poi la bacio sulle labbra e rifacciamo l'amore.

38

In redazione, il giorno dopo

Sto ultimando la mia cervellotica ricerca dei *Dieci migliori romanzi di sempre*. Sono arrivato a sette titoli aggiungendo alla lista precedente *Cent'anni di solitudine* di Márquez, *Il vecchio e il mare* di Hemingway e *Il processo* di Kafka. Ma mi dibatto ancora in confronti impossibili tra Thomas Mann e Joyce. Come dimenticare Dickens? E Stendhal? E Faulkner? E il mio amato Scott Fitzgerald? Forse un italiano dovrei sbattercelo dentro, ma Manzoni mi pesa. E Pasternak? E... E... E se fosse cinema sarebbe più facile: Chaplin e Billy Wilder vincerebbero a mani basse. E se fosse musica Mozart sarebbe avanti di quattro lunghezze. Ma la letteratura è un casino, forma o contenuto? Stile o verità? E mentre arzigogolo tabelline da studente di lettere mi si piazza davanti Marco Falconi, che si stuzzica la barba con un sorriso dispettoso. Non gli è bastata la lezione, a 'sto coglione? Che fa, ricomincia a provocare? Sarebbe *bruttissimo* mollargli un *uppercut* in redazione. Ma lui continua a fissarmi e alla fine sputa il rospo: «Restelli, ho buone notizie. Mi ha chiamato un mio informatore dal tribunale, fidati, è una fonte certa: pare che stamattina Ambra Molteni si sia presentata spontaneamente dal pubblico ministero che segue il delitto di tuo padre. Ha fatto mettere a verbale che non si sente più convinta di quello che aveva testimoniato. Dice che siccome usa le lenti a contatto non ricorda se quella mattina in corso Vercelli le aveva messe o no. Quindi, nel dubbio, potrebbe aver scambiato tua madre per un'altra persona che sparava nella nebbia».

Vedo improvvisamente un sole accecante invadere il grigio della redazione, e di colpo anche quel pezzo di merda di Falconi mi sembra un volto amico.

«Praticamente che cosa significa?» chiedo.

«Che tua madre sta per essere rimessa in libertà.»

Mi squilla il cellulare, è l'avvocato Pozzi.

«Luca, ho appena parlato con la procura. Domani il giudice del riesame, su richiesta del pubblico ministero, annullerà la carcerazione domiciliare di tua madre. Torna a casa.»

È tutto vero, il sole ha squarciato la nebbia. Fisso Falconi, che mi fissa sorridendo.

«Che dice Galbiati? Scriviamo qualcosa?» chiedo.

«Sì. Ti dispiace se me ne occupo io?»

«Sei tu quello della Giudiziaria.»

«Te lo prometto, Luca, ce la metterò tutta. Per una volta proverò a scrivere come Mark Twain.»

Quasi mi dispiace di avergli tirato un cazzotto in faccia.

Chiamo il mio avvocato. Falconi non accenna ad andarsene. Forse aspetta una rivelazione da inserire nel pezzo.

«Alfonso, in barba ai protocolli sulla privacy, mi puoi dire l'indirizzo di Ambra Molteni?»

«Vuoi gonfiare anche lei?» mi chiede Falconi.

«No, voglio stringerle la mano.»

39

Sul pianerottolo, quel pomeriggio

Ho individuato il palazzo dove vive Ambra Molteni: via Giovanni Rasori, piano terra di un edificio trasversale, intellettuali e borghesi in locali ristrutturati, piccola borghesia in vecchi spazi della Milano che fu.

Suono alla porta. Passano lunghi secondi, poi il battente si apre e appare lei, *l'infermiera*. Tiene in braccio un gatto, tuta azzurra, sguardo sorpreso nel vedermi.

«Volevo dirle che lei è una brava persona» dico.

Mi osserva come se il mio commento la infastidisse. «Cosa intende per *brava persona*?»

«Non devo spiegarlo. Lei è una persona perbene. E lo sa.»

«Invece non lo so. Potrei aver mandato in libertà una persona colpevole di un omicidio. Questo dubbio mi perseguiterà a lungo.»

«Il suo dubbio vale anche in senso inverso. Se mandasse per vent'anni in prigione una donna innocente forse sarebbe peggio in termini di tranquillità interiore.»

Mi guarda con un velo di imbarazzo. «Mi perdonerà. Preferisco non farla entrare.»

«A me bastava incontrarla.»

Come dice Veronica del cinema, contano più le immagini delle parole. Lei che si sente a disagio, io che non so cosa aggiungere, un silenzio che dura senza che succeda nulla. Poi lei chiede a mezza voce: «Se non è stata sua madre, secondo lei chi ha sparato?».

«È questa la vera domanda che ci perseguiterà.»

Lei riflette ancora, come se avesse qualche nodo da sciogliere. Poi: «Ieri in ospedale ho chiesto ad alcuni colleghi se suo padre, come mi aveva detto lei, frequentava i nostri reparti».

«Ha avuto conferme?»

«Sì. Da un collega giovane, si chiama Walter, sostiene di averlo visto due volte in sala d'aspetto.»

«A fare cosa?»

«Non so. Sono anche andata a vedere sui nostri file degli appuntamenti per le visite, anche se non si potrebbe. Giovanni Restelli non risulta. Nessuno lo ha mai visitato. Non riesco a capire cosa ci veniva a fare da noi.»

Questo è il nuovo *grande mistero* che si insinua nella geografia confusa di questa trama inestricabile.

«Quando è tornata in procura ha raccontato questo particolare al pubblico ministero?»

«No. Voglio uscire da questa storia. Voglio dimenticare.»

Ha ragione, ci sono momenti in cui è meglio voltare pagina, farsi da parte, scegliere l'ombra per ritrovare un po' di calma. Stare continuamente a contatto con l'idea della morte è troppo faticoso.

«Grazie, signora Molteni.»

«Le auguro buona fortuna.»

Richiude il battente e io mi avvio verso il portone. Ma prima di uscire tiro fuori il cellulare e chiamo Finnekens, ho troppe cose da raccontargli. Lui ascolta in paziente silenzio, non mi interrompe, poi, quando gli ho rovesciato addosso tutto, mi fa: «Sono qui in casa con la signorina Vanessa. Lavora in un alimentari di via Solferino. Stasera cena da me. E immagino che resterà anche dopo. Come dire: la vita continua».

40

A casa di Mamma, il giorno dopo

La trovo seduta in poltrona. Nella *sua* casa. E, accanto a lei, zia Olga.

Hanno aperto le finestre e filtra una luce rassicurante. Anche i volumi stipati nelle librerie sembrano aver ripreso vita. Entro con un mazzo di rose. Zia Olga si commuove. Mamma scuote la testa imbarazzata, io le dico: «Mi è sembrato un incubo».

«È durato pochi giorni» dice subito lei.

«Ma sono successe tantissime cose.»

Mamma sospira, fissa fuori dalla finestra. «Per fortuna è tornato il sole.»

«Sapevo che non potevi essere stata tu.»

«Sapevo che lo pensavi.»

Finalmente l'abbraccio. Sento il suo odore, qualcosa di antico e allo stesso tempo fragrante, è sempre lo stesso, sin da quando ero piccolo. È lei, mia madre. Mi lascio andare a quella stretta tenera.

Poi lei, con un gesto delicato, mi scansa.
«In questi giorni zia Olga è stata meravigliosa» dice.
Adesso è la zia a scuotere la testa imbarazzata. «Tu l'avresti fatto con me.»
«Tu non me l'avresti chiesto.»
«Davvero lo pensi? Io non ho nessuno al di fuori di te.»
Si fissano sul filo sottile di un amore carnale, infrangibile, anche se complesso. Siamo bloccati da mille pensieri e mille domande, come quelle famiglie del dopoguerra che si ritrovavano unite dopo separazioni e disgrazie. Sono macigni difficili da smuovere, pudori che si mischiano a desideri di pace. La prima a esternare un bisogno è Mamma: «Vorrei uscire. Vorrei andare a mangiarmi del *pata negra* da Peck».
Invece restiamo a casa. Zia Olga ci prepara delle uova strapazzate, stappiamo una bottiglia di Dolcetto, chiudiamo con delle mele al forno spruzzate di zucchero e cannella. Siamo felici, protetti da una felicità che si regge sui dubbi e sui nuovi equilibri di una vita in casa senza Papà.
Poi zia Olga tira una zampata improvvisa: «Non è il momento, ma dovremo affrontare il dopo terremoto. Scavare sotto le macerie. Difficile ricostruire qualcosa se non scoprono chi ha ucciso Giovanni».
«A cosa serve?» chiede Mamma.
«A dare un senso a quello che è successo.»
Io spariglio le carte: «Mamma, ti devo presentare Veronica. Viviamo insieme. Penso di essere innamorato di lei». La fisso. Ho iniziato a vuotare il sacco, adesso mi aspetto che sia lei a parlarmi del suo mondo sentimentale. E magari di una pistola, e di Papà. Ma tace, non ri-

vela nulla, sembra persa in una vertigine che le impedisce di mostrarsi per quella che è. Poi mi sorride e dice, con assoluta calma: «Sai che tuo padre era innamorato di una ragazzina?».

41

In redazione, due mesi dopo

Non è più inverno.

Attraverso le finestre del nostro stanzone si sente la primavera, nel senso che si *sentono* i suoi rumori, un vociare di persone allegre, le cantilene degli uccelli, della musica a palla proveniente da una Smart. Anche i *coglionacci* dei miei colleghi hanno optato per colori più allegri, è sparito quel grigio rigoroso così milanese. Si fanno le prove generali dell'estate.

Io ho ripreso a recensire libri. Ho la scrivania ingombra di volumi e un pacco pesante di posta in arrivo. La sfoglio con rassegnata indulgenza, poi mi capita tra le mani una busta che *scotta*. Sopra il mio nome, e la dicitura RISERVATA, spicca la firma del mittente: è Finnekens.

Apro. Dentro, trovo una lettera e un breve manoscritto. Vederli mi emoziona. Era da un po' che il Fenomeno era sparito dalla mia vita. Non rispondeva al cellulare, aveva calato una saracinesca, ma adesso l'ha riaperta, e io leggo d'un fiato:

Caro Luca,

non hai più avuto mie notizie perché la salute è improvvisamente peggiorata. Questa malattia di merda mi ha costretto al ricovero in ospedale. Pensa, ti scrivo da un letto del San Carlo. Come vedi le casualità esistono. Eccome. I medici dicono che ho il cinquanta per cento di probabilità di sfangarla. Poche? Diciamo che sono più del dieci o del cinque. Mi annoio un po'. Mi mancano i libri. Mi manchi molto anche tu. Ti penso. E penso a me. Non voglio agitarti ma rifletto sul fatto che forse tra qualche giorno non ci sarò più. E mi chiedo: cosa lascerò dietro di me? Romanzi, qualche ricordo tra le donne che mi hanno fatto felice, un po' di tristezza nel cuore degli amici con i quali ho cazzeggiato. Tu, per esempio. Cosa ti lascio se vado via? Poco, pochissimo. Forse la stima. Forse due o tre pagine di qualche mio libro. Sempre troppo poco. Così, ho deciso di farti un regalo. È una roba che non potrai condividere con nessuno, è solo per te. Ti prego di non contravvenire a questa mia richiesta: è per te. E basta. Sai di cosa si tratta? Del mistero al quale, insieme, abbiamo cercato di dare un senso: la morte nella nebbia di tuo padre. Non voglio sembrarti presuntuoso, ma credo di aver capito cos'è successo quella mattina in corso Vercelli. E ti allego la soluzione. In questi mesi abbiamo raccolto e valutato tantissime ipotesi. Io, per arrivare alla verità, alla mia verità letteraria (perché si tratta di un raccontino un po' simile a quello di O.

Henry...), ho tenuto conto di ogni particolare emerso e di ogni sfumatura psicologica possibile.
Ho potuto raggiungere questa mia certezza interiore sulla dinamica dell'omicidio di tuo padre grazie a una casualità. Sì, un'altra. Il commissario di Dürrenmatt ne sarebbe davvero entusiasta. Ti spiego quale. Quando sono stato ricoverato è venuto a trovarmi un vecchio amico, un mio compagno di scuola, che lavora qui come urologo. Si chiama Antonio, è di origini calabresi ed è un grande medico, una persona speciale. Non ci vedevamo da molti anni. Abbiamo parlato di tante cose, del tempo che fu, del tempo che c'è. Poi, sapendo che sono uno scrittore e frequento il mondo artistico, mi ha chiesto se per caso avessi mai conosciuto il musicista Giovanni Restelli. Cazzo, altra meravigliosa casualità. Gli ho detto subito che sono tuo amico, che frequento il figlio del povero Restelli assassinato. A quel punto – senti un po' – mi ha chiesto il tuo indirizzo per inviarti una lettera. Forse la riceverai. Te ne anticipo il contenuto. Tuo padre era stato l'insegnante di pianoforte di sua figlia, che oggi è una giovane e promettente concertista. Tra di loro, padre e insegnante, era nata una simpatia fondata sulla stima reciproca. Circa un anno fa, tuo padre è venuto a trovarlo. Qui al San Carlo! Capisci, tuo padre ci era stato eccome, al San Carlo, ma non ufficialmente, per questo non risulta nei file delle prenotazioni. Era venuto a chiedere un parere medico al suo amico. Gli raccontò che era stato appena operato alla prostata, al San Raffaele, perché gli avevano scoperto un brutto cancro. Un intervento di asporto totale. Non avrebbe più

potuto avere rapporti sessuali, ma soprattutto avrebbe dovuto iniziare subito la chemioterapia per bloccare il diffondersi delle cellule malate. Antonio esaminò l'ultima Tac e lo esortò a iniziare subito la cura. Tuo padre, qualche tempo dopo, tornò a trovarlo e gli disse: «Antonio, ho riflettuto sul tuo consiglio, e ho deciso di non curarmi». Da quel giorno, i due non si sono più rivisti. Tuo padre sparì. Antonio ebbe sue notizie solo il giorno in cui in tv e su tutti i giornali parlarono dell'omicidio. Insomma, mi ha chiesto di te perché voleva testimoniarti con una lettera il suo dolore per quanto accaduto.
Ecco, forse sono stato troppo sintetico, ma è grazie a questa rivelazione inaspettata che ho deciso di scrivere la storia di Giovanni Restelli.
Leggila, è per te.

Il tuo... Fenomeno.

L'emozione mi batte forte alle tempie. Prendo tra le dita il suo racconto, faccio fatica a iniziare a leggere, la calligrafia è tremolante, forse Finnekens lo ha scritto dal letto dell'ospedale. Poi aspiro aria e divoro d'un fiato il manoscritto.

42

A casa mia, quella sera

So che non dovevo farlo, era *solo per me*, lo aveva chiesto lui, ma non sono riuscito a trattenermi. Dovevo condividere con qualcuno le emozioni che provavo. Ho iniziato a leggere a Veronica il racconto di Finnekens, qualcosa di strabiliante per inventiva e raffinatezza letteraria, una prosa dallo stile mimetico, un *pastiche* evocativo che mette fine all'ansia di sapere e investigare.

Nel 1934, Benjamin Graves era a tutti gli effetti un giornalista in pensione. Aveva tirato la carretta per più di trent'anni nella redazione del Boston Globe *e, arrivato alla soglia dei sessanta, si portava addosso i segni di quella reclusione forzata. Era grasso, leggermente asmatico per via dei sigari in eccesso, e il suo fegato era stato spappolato dai bicchierini di bourbon ingurgitati in sequenza durante le pause di ristoro al bancone di Mortimer's, il localino sulla Newbury dove andava ogni tanto a prendersi una pausa. Ora che non si occupava più dei fatti di cronaca della città, Benjamin faceva ancora delle puntate serali da Mortimer's, per mitigare la solitudine. Una sera si ritrovò accanto l'avvocato Forbes, un suo vecchio amico travolto dalle sciagure della Grande depressione. Il tizio era finito in fottuta malora e si consolava tracannando birra a volontà, ricordando a compagni occasionali i bei tempi che furono. Vai a sapere come e perché, le loro chiacchiere da uomini soli, malinconici e soli, finirono per toccare la figura di un loro mitico concittadino, Edgar Allan Poe. Benjamin aveva un debole per quello scrittore maledetto, così come aveva sempre tifato per quella parte marcia della società, per chi scommetteva sulle corse dei cavalli, per gli allibratori, i mezzi papponi, i poliziotti corrotti e le donnine disposte a spogliarsi con disinvoltura pur di scroccare una cena a base di aragoste del Maine. Chi passa la vita impantanato nei fatti di cronaca di una grande metropoli, e Boston negli anni Trenta era già una città cosmopolita, ha annusato episodi stravaganti, che, a raccontarli a distanza di anni, danno un senso a quel genere di serate dove parlare serve a tirare tardi e a confondere la tristezza. Insomma, Benjamin tirò fuori un episodio davvero stravagante, una storia ignorata dalle biografie ufficiali di Edgar Allan Poe, ma della quale lui aveva precisa contezza, per aver toccato con mano la fonte. A metterlo a conoscenza del fatto era stato un certo Bill O'Logan, un archivista della Boston Public Library. Il fatto risaliva al 1912. Lui e O'Logan si erano conosciuti in una sala da ballo. Quella sera si ritrovarono in compagnia di due cugine, Alice e Betty Romney, appena trasferite a Boston dal Nevada, provincialotte male in arnese in cerca di futuro. I due si fidanzarono con le cugine e iniziarono a frequentarsi più spesso. Era un tipo alquanto bislacco, quel Bill O'Logan, così lo descrisse Benjamin all'avvocato Forbes, bislacco e imprevedibile. Una domenica, mentre passavano la giornata libera in spiaggia con le cugine sull'isolotto di Nantasket, Bill fece una confidenza a Benjamin. Gli annunciò, ridacchiando, che stava per diventare ricco. Mettendo in ordine alla Public Library un certo archivio datato 1840, aveva scovato degli inediti della corrispondenza di Edgar Allan Poe. Lettere di auguri ad amici, conti da saldare, stringate richieste a qualche editore per ottenere asilo letterario. Cose di minima rilevanza. Una di quelle lettere, però, conteneva qualcosa di straordinario. Era una lettera di Poe alla poetessa Sarah Helen Whitman, nella quale aveva abbozzato un racconto. La base di un formidabile racconto mai pubblicato. Facendo qualche ricerca tra i collezionisti, Bill era entrato in contatto con un milionario di Austin, in Texas, amante degli inediti letterari. Il texano paperone gli aveva proposto circa tremila dollari per accaparrarsi quel racconto. «Io ho sempre vissuto e lavorato onestamente. Ma tremila dollari sono un treno che mi passa davanti una volta nella vita e sul quale devo assolutamente salire» gli disse Bill con gli occhi umidi di bramosia. Benjamin non seppe dargli torto. E in cambio del suo silenzio – giurò addirittura che se non avesse rispettato il patto non avrebbe più pronunciato parola per il resto del-*

la sua vita – chiese a Bill di narrargli il racconto di Poe. L'archivista lo esaudì di buon grado. Il titolo era già tutto un programma: Una giornata di nebbia a Boston. *L'idea portante di Poe era quella di scrivere una storia che potesse dimostrare l'esistenza di un delitto perfetto. Ed ecco lo svolgimento riportato da Bill O'Logan a Benjamin Graves. Diciamo che sono parole sue, non esattamente quelle che ha scritto l'autore, Edgar Allan Poe...*

Siamo nel 1838, a Boston. I protagonisti della vicenda sono due anziani coniugi, Tom e Marta Brown. Lui insegna pianoforte al conservatorio, lei letteratura in un college per signorine della buona società. La sera, dopo cena, i coniugi hanno l'abitudine di sedersi insieme nel piccolo salone del loro appartamento tappezzato di libri. Una sera, Tom dice alla moglie: «Ti voglio rivelare un segreto. Quasi tutti i giorni incontro un'altra donna. Una donna molto giovane». Marta lo ascolta in silenzio, senza mostrare inquietudine. «La conosco?», «No. Pensa, nemmeno io conosco il suo nome.» «È bella?» «Assomiglia a te quando ti ho conosciuta quarant'anni fa. È bellissima. La incontro al parco. Io mi siedo e la fisso. Lei si lascia fissare. Non ci diciamo nulla. Questo accade perché ho bisogno di lei.» Marta si alza. Apre uno dei cassetti dell'armadio in noce, in fondo al salone, sotto la fila inferiore di un ripiano della libreria. Tira fuori una vecchia scatola in latta. Fruga dentro. E torna dal marito con in mano un piccolo dipinto ad acquarello. Glielo porge. «Questa ero io quando mi hai conosciuta. Eravamo al mare. Io stavo con mia sorella Olga. Ti ricordi?» Lui guarda a lungo il piccolo dipinto. «Eri bellissima. E la mia ragazza del parco ti assomiglia.» «Vorresti fare l'amore con lei?» chiede la moglie. Lui sospira, con un'evidente punta di fastidio. «Sai che non posso. Che non posso più.» «Allora perché la cerchi?» Tom la fissa con occhi vuoti. «Cerco di dimenticare quanto fa orrore la vecchiaia.» Sono mesi che le ripete quel concetto. È la sua ossessione. Invecchiare. Non ne è capace. Non riesce ad ammetterlo. E in lei questa continua e lamentosa rivolta nell'anima del marito ha scavato una dolorosa ferita. Non solo non si sente più amata, si sente inutile, messa da parte fisicamente e intellettualmente. Gli dice: «Anch'io sto male. Mi sto curando da un medico della mente». «Il cervello non si cura» risponde lui con crescente fastidio. «Se sta male il cervello bisogna metterlo a tacere.» Marta chiede spaventata: «Metterlo a tacere? Come?». Tom si alza. Esce dal salone e rientra circa trenta secondi dopo. Stringe in pugno una pistola. «Era di mio nonno. Lui la usava contro gli indiani. Io la userò in maniera diversa.» Marta è paralizzata da un senso di inaspettato terrore. «Vuoi ucciderti?» «Vorrei. Ma non ne ho il coraggio.» Si avvicina a Marta e le tende la pistola. «Fallo tu.» Lei indietreggia. «Pensi sul serio che potrei farlo? Io dovrei ucciderti?» Lui non risponde. E lei lo vede per quello che è, un uomo vecchio, impotente, svuotato, senza più luce negli occhi. Tom le tende di nuovo l'arma. «Mi restano solo pochi mesi da vivere. Ma ho deciso di non curarmi più. A che serve rimandare se continui a rimanere vivo ma spaventosamente sempre più vecchio? Fallo tu. Scegli il momento. Senza dirmelo.» Le mette la pi-

stola tra le mani. Marta riesce a balbettare: «Se ti sparo finirò in prigione. Desideri questo per me?». Tom allarga un piccolo sorriso di complicità, quella che li ha tenuti insieme per tanti anni. «Hai dedicato la tua vita ai libri. Nei libri ci sarà sicuramente una traccia da seguire per compiere un delitto perfetto.» Una settimana dopo, Marta suona alla porta della sorella Olga. Zitella, professoressa di matematica. Una mente libera, a quei tempi una donna che si occupa di matematica è qualcosa di speciale. Qualche mese prima, Marta ha confessato a Olga che tradisce Tom con un altro uomo, il suo medico. Le due sorelle si sono sempre amate, sono confidenti. Marta la mette al corrente di tutto. Di tutto quello che Tom le ha detto e chiesto. «Olga, anche se la pietà me lo potrebbe consentire, io non posso uccidere un uomo che da vecchio si è innamorato di una ragazza che assomiglia a me da giovane.» Dalla borsetta tira fuori la pistola. «E poi nella letteratura il delitto perfetto non esiste. Sai perché? Perché i personaggi dei libri sono guidati dai loro sentimenti. E i sentimenti sono quasi sempre imperfetti. Un delitto perfetto non può esistere se chi lo compie prova odio, o affetto, o amore, o indifferenza, o pietà, per la persona che uccide. Prima o poi, il delitto perfetto avrà una crepa e qualcuno, infiltrandosi nella crepa, sarà in grado di risalire al colpevole. Io, anche se frequento un altro uomo, continuo ad amarlo, il mio Tom. E non posso usare questa pistola per fare ciò che mi ha disperatamente chiesto lui.» Con assoluta calma tende la pistola alla sorella. «Tu sei l'unica che può farlo al posto mio, puoi mettere in atto pietosamente il delitto perfetto che mi ha chiesto di compiere Tom. Lo puoi fare perché hai vissuto pensando alla matematica. Un racconto non è mai perfetto, un'equazione matematica invece lo è. Nessuno, a posteriori, può smontarla. Trova l'equazione e fallo tu.» Olga, per amore della sorella e dopo aver considerato il dolore che devasta suo cognato, accetta. E immagina l'equazione perfetta. Sceglie con precisione cartesiana una mattina di nebbia a Boston. Segue Tom che si sta dirigendo al parco, come tutte le mattine, per aspettare l'arrivo della ragazza che ama in silenzio. A Beacon Hill la nebbia diventa quasi impenetrabile. Olga tira fuori la pistola dalla sua borsetta. E spara tre colpi ravvicinati. Poco dopo, si libera dell'arma gettandola in mare. Arriva in tempo a scuola per iniziare la sua lezione. Impossibile, pensa Olga, risalire a lei. Nessun odio, nessun risentimento, nessun dissidio economico la divide dalla vittima. L'omicidio di Tom è un'equazione perfetta. Olga ha calcolato, con freddezza matematica, che anche se qualcuno avesse potuto intravedere qualcosa, la presenza della nebbia avrebbe reso la visione della scena fluida, non attendibile in termini di prova certa. Non ha calcolato però che una certa Jennifer Smith, un'infermiera, la quale ha visto nella nebbia l'omicidio, passando per caso su quel marciapiede di Beacon Hill, avrebbe riconosciuto la colpevole. Ma non lei: ha riconosciuto sua sorella Marta. Ha scambiato lei per sua sorella, dopo aver passato in rivista le persone che la polizia le ha mostrato tra quelle che avevano possibili rapporti con la vittima. Marta quindi viene arrestata. Olga non ha calcolato che, per una casualità capace di sfuggire anche alla matematica, Jennifer Smith ha accusato sua sorella innocente, la quale, però, di fatto, aveva pianificato e compiuto quel delitto per interposta persona. Quindi in un certo senso ha riconosciuto la colpevole. Ma Olga sa che quando le equazioni sono perfette è impossibile smontarle. Infatti, ricalcolando a furia di indagini le cifre dell'equazione, viene fuori che l'infermiera testimone, quella mattina nella nebbia a Beacon Hill, non portava gli occhiali, come faceva di solito. E la sua testimonianza diventa carta straccia. Marta viene scarcerata. Così il desiderio di Tom viene esaudito. Delitto perfetto. E che a premere il grilletto non sia stata sua moglie, ma sua cognata Olga, passa in secondo piano. Tuttavia, il delitto perfetto immaginato da Olga lo è diventato solo per caso. Quindi cosa vuole dirci Edgar Allan Poe? Che nessun romanziere, usando la sua fantasia, potrà mai immaginare un delitto perfetto, perché il reale è una concatenazione di motivazioni e fatti imponderabili, infiniti come i numeri delle sequenze matematiche.

In calce, la firma: *Il tuo Finnekens.*

Io e Veronica restiamo a fissarci come nei film che piacciono a lei. Una lunga inquadratura senza dialogo, solo immagini, ma più importanti delle parole. Zia Olga che spara, spara, spara tre volte nella nebbia...

43

Al cimitero Monumentale, venti giorni dopo

La lapide sigilla definitivamente la tomba dove gli addetti dell'agenzia funebre hanno appena sistemato la cassa con dentro Finnekens.

Il Fenomeno non c'è più, se ne è andato da solo in una camera dell'ospedale San Carlo. *Triste, solitario y final.*

Intorno alla tomba, a rendergli l'ultimo saluto, si è raccolta una piccola folla di amici, ammiratori e ammiratrici, la quota rosa prevale. Io sono con Aldino, lui ai cimiteri non manca mai, ma non ci diciamo nulla, siamo sgomenti e perplessi.

Guardo dall'altra parte del viale, laggiù dove è sepolto mio padre. Un'altra casualità. Papà e il Fenomeno a qualche metro di distanza, per sempre.

Io e Aldino ci muoviamo a piccoli passi verso l'uscita. Mi dico che, se esiste un *dopo*, Papà e Finnekens si incontreranno. Magari fosse così, Finnekens potrebbe far leggere a mio padre il suo racconto. O forse no, il racconto era *solo per me*, il Fenomeno è uno leale, non infrange le promesse. Lui sa che le parole valgono per quello che valgono, sono ipotesi, sono note che rompono il silenzio senza lasciare tracce. Sa che il vero problema è la realtà. E se a sparare è stata zia Olga, come ha immaginato Poe, resta il dubbio che non sia andata esattamente così: forse è solo un bellissimo e triste finale, è solo fantasia d'autore.

Ma cazzo, Finnekens, che scrittore speciale. Con la magia della letteratura ha reso vero quello che forse non lo è.

Mi mancherà, mi mancherà moltissimo.

E il futuro, *vattelapesca*.

Questo volume è stato stampato nel gennaio 2021
presso Grafica Veneta - Trebaseleghe (PD)